온 마음을 모아

온 마음을 모아

서혜듬 장편소설

프롤로그

'어서 오세요, 달빛 고장 월녕입니다.'

달리는 택시 위로 마을 입성을 환영하는 표지판이 지나갔다.

기사의 눈이 버릇처럼 룸미러 속 여자 손님을 흘긋거렸다. 20대 후반쯤 되어 보이는 여자는 조금 전 고속버스터미널에서 허리까지 오는 캐리어와 함께 택시에 올랐다.

택시 일을 하며 외지인을 구분하는 데에 도가 튼 기사였지만, 저 손님은 조금 아리송한 면이 있었다. 여행객이라기엔 목적지를 말하던 목소리가 지나치게 담담했고, 이사를 왔다기엔 짐이 너무 단출했다. 무엇보다 기사를 신경 쓰이게 했던 것은,

"흐아."

바로 저 소리였다.

딸꾹질 같기도 하고, 매가리 없는 개구리 울음소리 같기도 하고, 찢어진 고무 펌프에서 새는 바람 소리 같기도 하고. 하여간 내내 귀에 거슬렸던 소리의 근원지는 분명 저 손님이었다. 겉보기엔 안색도 좋고 딱히 멀미를 하는 것 같지도 않은데 왜인지 차에 탈 때부터 헛구역질 같은 소리를 냈다.

설마 대낮부터 술을 걸친 건 아닐 테고, 속이 안 좋나. 토라도 하면 곤란한데. 하필이면 오늘 아침 실내 세차까지 말끔히 마치고 출근한 참이었다. 기사는 백미러로 연신 여자의 안색을 살폈다.

"손님, 괜찮아요? 잠시 차 좀 세워 드릴까?"

"흠, 신경 쓰지 마, 으, 마세요."

기껏 생각해서 건넨 말에 돌아오는 대답이 쌀쌀맞기 그지없었다. 누군 신경 쓰고 싶어서 그러나, 자꾸 이상한 소리를 내니까 신경이 쓰이는 거지. 하지만 더 말 시키지 말라는 듯이 눈까지 감아 버리는 여자의 모습에 기사도 더는 말을 붙일 수가 없었다.

말없이 20분을 더 달렸다. 불규칙적으로 신경을 자극하는 불편한 소리는 여전했다. 저도 모르게 쯧, 하고 작게 혀를 찬 기사가 다시 백미러를 바라본 순간이었다. 거울 속 여자와 눈이 딱 마주쳤다. 초승달처럼 뾰족하게 날이 선 눈매에 기사는 황급히 눈을 돌렸다. 죄를 지은 것도 아닌데 괜히 마음이 뜨끔했다.

그러고도 여자의 시선은 좀체 떨어지질 않았다. 보지 않아도 느껴지는 빤한 시선에 오른쪽 뺨이 다 따끔거릴 즈음이었다.

"살 좀 빼야겠어요."

난데없이 날아온 외모 지적에 기사의 두툼한 옆구리 살이 움찔 떨렸다.

"예?"

다시 거울 속 여자와 눈을 맞춘 기사가 황당하다는 듯 두 눈을 끔뻑였다. 여자는 아랑곳 않는 표정이었다.

"산책 자주 하시고, 간, 흐, 간식도 줄이시고요. 소시지 같은 가공육은 최대한 피하세요. 혹시 지금 몇 살, 음, 이에요?"

"이봐요, 손님."

듣자 듣자 하니 점점 더 선을 넘는 발언에 기사의 눈썹이 사납게 들썩였다. 최근에 살이 좀 붙은 건 사실이었지만, 딸뻘 되는 손님한테 주제넘은 훈계를 들을 정도는 아니었다.

"대체 날 언제 봤다고……."

"한 열 살쯤 됐죠?"

"뭐요?"

지금 장난치는 건가. 기사의 언성이 버럭 높아지려던 순간이었다.

"노령견일수록 관리 잘, 하, 해 주셔야 해요."

기사는 그제야 백미러 속에서 자신을 바라보던, 아니, 그런 줄 알았던 여자의 시선을 쫓아 눈을 돌렸다. 백미러에 걸어 둔 반려견 복자의 사진이 달랑달랑 흔들리고 있었다.

"혹시 지금 우리 복자 얘기하는 거요?"

"백내장 치료는, 으, 받고 있죠?"

"배, 백내장?"

"설마 아직 진단도 안 받았어요?"

기사가 뭐라 답할 새도 없이 여자가 한숨을 푹 내쉬었다.

"시추는 유전적으로 백내장이 생길 확, 흠, 확률이 높은 견종이에요. 병원 데리고 가서 검사부터 받, 흐으, 받으세요."

"아니, 남의 집 멀쩡한 개한테 갑자기 무슨……."

"플래시를 저렇게 터뜨렸는데도 동공이, 웃, 탁하잖아요."

혀를 헤 내밀고 있는 사랑스러운 복자의 사진을 가리키

며 하는 말에, 기사는 천천히 눈을 끔뻑였다. 듣고 보니 좀 그런가 싶기도 했다. 요즘 들어 복자의 눈에 눈곱이 부쩍 더 많이 꼈던 것 같기도 하고.

아무리 그래도 사진 한 장 보고 남의 집 개한테 백내장이네 어쩌네 하는 여자의 말을 왜 들어야 한담. 백미러 속 여자를 바라보는 기사의 눈에 미덥잖은 기색이 가득했다.

"뭐, 개 키우쇼?"

"아뇨."

"그러면서 아는 척은 무슨……."

"수의사예요. 차는 요 앞에 세워 주시고요."

기사의 발이 다소 급하게 브레이크를 밟았다. 택시는 마을 초입에 세워진 표지석 앞에 멈췄다. 미터기를 끈 기사가 곧장 고개를 돌려 여자를 바라봤다.

"결제는 이걸로……."

"수의사라고?"

지갑에서 카드를 꺼내 내밀던 여자가 말을 멈췄다. 그리고 의구심을 숨기지 못한 눈으로 자신의 용모와 행색을 훑어보는 기사와 눈을 맞췄다.

"왜요? 말을 이렇게 해서 아닌, 흡, 아닌 것 같아요?"

"어? 아, 아니, 나는 그런 뜻이 아니라……."

아닌 게 아니라, 솔직히 정곡이었다.

"결제나 해, 주세요."

당황한 기사의 모습에 여자는 화도 내지 않고 그저 심드렁하게 카드를 마저 내밀었다. 그리고 더 변명하려는 기사의 말을 듣지 않은 채 그대로 차에서 내려 버렸다. 기사가 허둥지둥 결제를 마치고 차 밖으로 나갔을 때 여자는 트렁크에 실었던 커다란 캐리어를 이미 직접 내린 뒤였다.

"손님, 방금 제 말뜻은……."

"계산 끝난 거죠?"

탕, 하고 트렁크를 닫은 여자는 이번에도 기사의 말을 끊으며 그의 손에 들린 카드를 쏙 낚아채 갔다. 뭐라 인사를 건네기도 전에 캐리어를 끌며 멀어지는 여자의 뒷모습에 기사의 입에서 허, 하고 헛숨이 터졌다.

"뭔, 젊은 아가씨가 성질머리 한번 까칠하네."

그 순간 여자가 걸음을 멈췄다. 마치 기사의 중얼거림을 듣기라도 한 것처럼. 기사는 황급히 입술을 앙다물었다. 제자리에 멈춰 선 여자가 몸을 휙 돌렸다.

"저기요."

"예, 예?"

"복자라는 친구 병원에 꼭, 큼, 데려가서 검사 받으세요."

여자의 입에서 나온 말은 미처 예상치 못했던 내용이었다.

"초기에 치료해야 좋으니까, 흐, 검사 꼭 받으시라고요."

대답이 없는 기사에게 여자는 제 눈가를 톡톡 가리키며 재차 당부했다. 꼭이요. 기사는 얼결에 고개를 끄덕였다. 여자는 그제야 안심이라는 듯 다시 몸을 돌렸다. 기사는 납작하게 눌린 뒷머리를 긁적였다.

"……까칠한 게 아닌가."

택시 몰다 보면 참 별별 사람을 다 만나게 된다니까. 중얼대며 다시 운전석에 오른 기사가 문득 거울 아래 달린 복자의 사진을 바라봤다. 잠시 뒤 핸들을 잡으려던 손이 거치대에 고정된 핸드폰으로 향했다. 아내에게 전화를 걸 생각이었다. 오늘 우리 복자 데리고 병원 좀 가 보라고.

낯선 길

좁은 길에서 더 좁은 길로, 묵묵히 캐리어를 끌었다. 틱, 틱, 바퀴에 걸린 작은 돌조각들이 사방으로 튀었다.

달빛이 평안히 내리는 산이라는 뜻의 월녕산. 월녕 마을은 그 산을 뒤에 두고 있는 작은 산촌이었다. 전체 가구가 쉰도 채 되지 않는 이 마을에서 권모아는 유년을 보냈다. 어언 20년 전의 이야기다.

"많이 변, 흠, 변했네."

다시 돌아온 월녕 마을의 풍경은 모아의 기억과는 사뭇 달랐다. 마을에 들어서면 지나간 시간을 떠올리며 감회에 젖을 줄만 알았는데, 익숙한 듯 낯선 풍경에서 느껴지는 생경함이 더 크게 다가왔다. 그도 그럴 게, 차 한 대도 지나다니기 힘들었던 흙길은 어느새 잘 포장이 되었고, 멀지 않은 곳엔 못 보던 버스 정류장이 생겼으며, 누가 만들었는지도 모를 돌다리를 밟고 건너야 했던 얕은 개울가엔 버젓한 인도교가 세워져 있었다.

하긴, 20년이면 강산이 두 번은 변했을 세월이다. 동네가 달라진 것도 당연한 일이었다. 그사이 권모아에게도 많은 일이 있었으니.

'미안해, 권 선생. 권 선생도 알겠지만 병원도 일종의 서비스업이잖아.'

실력으로는 어디에서도 아쉬운 소리를 들은 적 없던 권모아가 교수 추천으로 들어갔던 동물 병원에서 반년도 채우지 못하고 나오며 들었던 말이다. 수의사로서 진료를 못 봐서도 아니었고, 동료들과 트러블을 일으킨 것도 아니었으며, 진료비를 떼어먹어서는 더더욱 아니었다. 권모아에게 잘못이 있다면 딱 하나, 골절로 병원에 입원한 고양이 까망이의 상태를 살피다가 보호자와 마주친 것. 오직 그것 하나뿐이었다.

'까망이가 원래도 소리에 예민한데 퇴원 후부터 작은 소리에도 더 불안해하고 히싱까지 한대. 근데 또 하필 보호자가 권 선생을 봐 버렸으니, 보호자 입장에선 권 선생 틱 때문에 더 스트레스 받은 거 아니냐 이거지.'

말도 안 되는 소리였다. 고함을 친 것도 아니고, 까망이에게 자극이 될 만큼 틱이 지속적이지도 않았으며, 입원했던 아이들은 퇴원 후에도 한동안 예민한 모습을 보일 수 있다. 그건 원장님도 잘 알지 않느냔 모아의 말은 통하지 않았다. 모아가 까망이의 상태를 유심히 살핀 덕에 배뇨에도 문제가 있음을 발견하고 추가 처방을 내리기까지 했다는 사실 역시 전혀 고려되지 않는 것은 마찬가지였다.

　'그래, 권 선생 진료 실력은 나도 알지. 그런데 권 선생이 내 허락 없이 까망이 상태 확인한 건 사실이잖아. 안 그래도 예민한 애한테 전혀 자극이 안 됐을 거란 보장은 못 하지. 보호자 입장에선 화날 수 있고.'

　처음엔 눈치를 살피며 조심스레 말을 고르던 원장의 태도가 별안간 확연히 달라졌다. 권모아의 입에서 '차별'과 '부당 대우'라는 말이 나온 순간이었다. 그는 자신의 둥지를 침범당한 수리처럼 눈을 날카롭게 치떴다.

　'근데 권 선생. 듣자 하니 기분이 좀 그렇네. 내가 권 선생을 차별할 거였으면 애초에 채용도 안 했겠지. 난 정말 편견 없이, 권 선생 진료 실력만 믿고 채용한 건데 그런 식으로 얘기하면 참 섭섭해. 모두가 권 선생 상태를 당연하게 이해해 줘야 하는 건 아니잖아.'

대화는 그것으로 끝이었다. 애초에 자신을 '이해해 줘야 하는' 존재로 여겨 온 사람이라면 더 얘기를 나눠 봤자 달라질 게 없단 걸 알았다. 모아는 더 항의하는 대신 바로 짐을 뺐다. 병원을 나서기 전 원장실에 제출한 사직서엔 이렇게 적었다.

'귀한 본인이 근무하기엔 해당 병원이 너무나 누추하여 사직하고자 하오니 처리하여 주시길 바랍니다.'

퇴직금은 없었으나 위로금 차원의 돈이 조금 더해진 마지막 월급을 받고 병원을 관둔 뒤엔 의미 없이 이력서를 쓰는 짓과 추천서를 받기 위해 교수실을 들락거리는 짓도 관뒀다. 그렇게 바리바리 준비한 서류를 들고 병원에 지원해 봤자 면접에서 떨어지기 일쑤였고, 웬일로 합격이라도 하면 무슨 간첩 의사라도 되는 것처럼 병원 측은 권모아를 진료실에 가둔 채 보호자들과 대화를 나누지 못하게 했다.

그 짓들이 다 지겨웠다. 동물을 진료하는 수의사가 되고 싶었던 것도 사람들과 부딪히며 이 꼴 저 꼴 보기가 싫어서였는데, 동물을 진료하기 위해 또 사람을 먼저 상대해야 하다니, 지긋지긋하지 않을 수가 없었다. 이제 와서 수의사를 때려치우겠다는 건 아니지만, 그냥 조금 쉬고 싶었다.

자의 반 타의 반으로 갖게 된 휴식기에 가장 먼저 떠오른 곳은 어린 시절을 보낸 옛 동네, 옛집이 남아 있는 월녕 마을이었다. 대학 졸업 후 대부분의 기간을 지난한 구직 상태로 보내야 했던 권모아에게 모아 놓은 돈이 있을 리가 없었다. 월녕 마을은 그런 모아가 돈 없이도 찾을 수 있는 유일한 곳이었다.

그러니까 이 마을에 뭐 대단히 애틋하고 좋은 추억이 있어서가 아니라, 여기 말고는 갈 데가 없었다는 소리다.

모아는 듬성듬성 세워진 집들을 따라 몇 분을 더 걸었다. 모처럼 눈에 익은 감나무가 보였다. 모아가 월녕 마을을 떠올릴 때 언제나 빠지지 않던 나무였다. 누가 심었는지도 모르고 언제부터 이곳에 자리하고 있었던 건지도 모르는 주인 없는 나무였는데, 이 나무에 열린 감은 까치밥이라며 마을 사람 누구도 손을 대지 않곤 했다. 까치가 다 따 먹고 떨어진 감 씨앗을 쪼개서 포크 모양이나 숟가락 모양의 싹을 확인하는 건 어린 모아의 가을 놀이 중 하나였다.

설마 그 감나무가 아직 남아 있을 줄이야. 길바닥 아스팔트까지 새로 깔린 월녕 마을에서 무사히 제자리를 지킨 기특한 감나무를 끼고 돌자, 모아의 기억 속 집이 비로소 모습을 드러냈다. 모아는 짧은 탄식 같은 숨을 내뱉었다. 감탄의 의미는 아니었다.

집이 원래 이렇게 아담했나.

대궐 같은 집은 당연히 아니었지만, 어릴 때는 이 집 구석구석을 뛰어다녀도 좁다는 느낌을 받지 못했다. 숨바꼭질만 해도 숨을 곳이 천지였고, 이제 막 엄마 품에서 뛰쳐나온 새끼 캥거루처럼 경중경중 뛰놀기에도 부족하지 않은 마당이었다. 한데 20년이 지난 지금은 눈 닿는 모든 곳이 소박하고 작았다. 뛰놀기는커녕 처마 아래 툇마루에 드러누워 뒹굴거리기조차 버거울 듯했다. 집이 작아진 건지, 사람이 커진 건지. 하여간 이 작고 오래된 집이 권모아의 엄마, 최정애 여사가 남겨준 유일한 것이었다.

권모아가 태어날 즈음 사고로 남편을 잃었던 최정애 여사는 사고무친 신세가 되어 연고 하나 없는 산촌에 터를 잡았다. 당장 수중에 있는 돈으로 구할 수 있는 집을 찾다 보니 이곳 월녕 마을이었다고 했다. 갈 수 있는 곳이 여기뿐이었다는 점에서 지금의 권모아와 사정이 크게 다르진 않았던 셈이다.

그래도 최정애 여사는 이 낯선 마을에 꽤 정을 붙이고 살았다. 여덟 살이 되던 해에 틱 증상이 나타난 권모아의 치료를 위해 이사를 가지만 않았더라면 그녀는 월녕 마을에서 노년을 보냈을 것이다. 모아의 수의대 합격 통보와 함께 자신이 대장암 말기 판정을 받았을 때도 "걱정 마, 너 수의사 되는 거 다 보고 월녕 가서 벽에 똥칠할 때까지 살 거니까"라는 말을 입버릇처럼 했었으니.

그랬던 최정애 여사는 1년이 조금 넘는 투병 끝에 세상을 떠났다. 최정애 여사가 똥칠을 하며 살 거라던 월녕 마을엔 권모아 혼자 돌아오게 됐다. 꼭 자신의 엄마가 처음 이곳에 왔던 때와 비슷한 나이에.

모아는 그동안 방문객 하나 없었을 집을 돌아봤다. 낡은 회색 기와는 여기저기 깨지고 부서졌으며, 나무 골조 사이를 채운 백토는 본래의 색을 잃고 거무튀튀하게 물들어 있었다. 마당과 담벼락 사이를 뚫고 자란 이름 모를 잡초와 들꽃들, 빗물이 고이고 이끼가 낀 개수대, 먼지 구덩이가 된 창고까지, 치우려면 꽤 손이 많이 가겠단 생각이 들었다. 떠나 있던 시간만큼 털어내야 할 먼지가 많을 터였다.

모아는 주머니에서 오래된 열쇠를 꺼냈다. 굳게 닫힌 미닫이 살문 아래 열쇠 구멍이 있었다. 돌아가기나 할까 싶었는데, 철컥 소리와 함께 잠금이 풀렸다. 문을 옆으로 밀자 집 안에 고여 있던 설진들이 부옇게 피어올랐다. 해를 찾아가듯 문밖으로 밀려 나오는 먼지에 모아는 후, 하고 숨을 불었다. 안으로 들어서자 발바닥 아래에서 노쇠한 마룻바닥의 비명이 퍼졌다. 삐걱, 삐걱. 새하얗던 양말이 금세 색을 잃었다.

거실 역할을 하던 마루를 중심으로 두 개의 방과 부엌이 길게 이어진 옛 시골집은 하나도 변하지 않아서 도리어 너무 많이 변해 버린 것처럼 느껴졌다. 선반과 천장은 모아가 자란 만큼 낮아졌고, 지나간 어느 시간에서 떼어다 바른 듯한 꽃무늬 벽지는 색이 다 바랬다. 이사할 때 미처 챙기지 못했던 집기들은 저마다 제자리가 아닌 곳에서 나뒹굴고 있었다.

"귀신 튀어나오겠네."

손목에 걸려 있던 고무줄을 입에 문 모아가 어깨까지 내려온 머리카락을 쓸어 올렸다. 바깥에 둔 캐리어를 가지고 들어오기 전에 집 안부터 정리해야겠다. 이 먼지 구덩이 속에 짐을 부릴 수는 없으니까.

소매를 걷어붙인 모아의 움직임이 분주해졌다. 뒤통수 위로 바짝 묶은 머리 꽁지가 달랑거렸다.

집 청소만으로도 반나절이 다 지나갔다. 덕분에 귀신 튀어나올 것 같던 집도 이제 좀 사람 살 만한 집처럼 보였다.

이 정도면 가지고 온 짐을 부려 놓아도 될 것 같았다. 모아가 바닥의 먼지를 훔치던 걸레를 내려놓고 몸을 일으켰다.

그때 덜컹, 하고 문짝이 흔들리는 듯한 소리가 났다. 모아의 고개가 소리를 따라 돌아갔다. 옥색 싱크대가 붙어 있는 벽이었다.

"……쥐가 있나."

가장 먼저 든 생각이었다. 낡은 집인 데다가 사람의 손을 안 탄 지도 오래였으니 쥐가 있는 게 이상할 일도 아니었다. 어쩌면 바깥에서 들어온 야생동물일 수도 있고. 소리로 짐작건대 몸집이 큰 동물은 아닐 터였다.

"안녕, 흡, 거기 있니?"

부엌 쪽으로 고개를 내밀며 인사를 건네는 모아의 목소리가 상냥했다. 모아는 꽤 자주, 어쩌면 늘, 사람보다 동물에게 더 상냥했다.

"미안한데 나 좀 들어갈게."

누가 봤다면 제 집 문지방을 넘으며 사과하는 모습이 퍽 이상하다고 생각했겠지만, 권모아에겐 일상적인 일이었다. 특히 이 집에선 더욱 그랬다.

워낙 시골 마을이라서 그랬을까. 모아의 집엔 유난히 객식구들이 자주 드나들었다. 사람은 아니었고, 주로 산을 타고 내려온 들짐승들이었다. 청설모나 다람쥐는 매일 같이 봐서 '객'식구라고 부르기도 좀 그랬고, 두꺼비나 너구리, 제비는 잊을 만하면 찾아오는 손님들이었다. 가끔 뱀이나 박쥐가 나타날 때면 온 집안이 뒤집어지기도 했었다.

그 난리에도 최정애 여사는 이 집에 덫 하나 설치한 적이 없었다.

'쟤들도 오죽하면 여기까지 내려왔겠니. 다 먹고살려고 살길 찾아 온 거지.'

어린 권모아를 안고 아등바등 살길을 찾아야 했던 시절이 생각나서였을까. 최정애 여사는 길을 헤매다 들어온 짐승들에게 매정하지 못했다. 어린 권모아의 눈엔 그런 엄마가 꼭 동화 속 공주처럼 보일 때가 있었다. 숲속 친구들과 파이를 구워 먹던 백설공주나 생쥐들과 집안일을 분담했던 신데렐라처럼 월녕산의 동물과 함께 사는, 요컨대 월녕공주랄까. 비록 월녕산의 동물들은 음식을 해 주기는커녕 훔쳐 가기 바빴고 세간살이를 갉아먹는 일도 허다했지만 말이다.

어쨌거나 월녕공주의 딸로 태어난 덕에 모아는 이 집에서 친구보다 들짐승과 논 기억이 훨씬 많았다. 틱이 생긴 뒤로는 대화 역시 친구보다 짐승과 하는 것이 더 편해졌고.

"괜찮, 큼, 괜찮아, 나와 봐. 나 안 물어."

자신이 물리는 걸 걱정해야 할 판에, 모아는 오히려 부엌 어딘가에 있을지도 모를 짐승을 안심시키며 허리를 숙였다. 싱크대 아래엔 실타래처럼 뭉친 먼지와 바싹 마른 벌레 사체가 굴러다니고 있었다. 수도관이 지나가는 하부장 안쪽엔 흐늘흐늘한 거미줄만 널려 있었다. 별 소득 없이 몸을 일으킨 모아는 이번엔 머리 위 찬장을 향해 손을 뻗었다. 손잡이에 손끝이 닿은 순간이었다. 미처 당기지도 않은 찬장 문이 벌컥 열리더니 웬 털뭉치가 불쑥 튀어나왔다.

"으악!"

모아는 그대로 엉덩방아를 찧으며 뒤로 넘어졌다. 아무리 동물과 친한 권모아라지만, 갑자기 얼굴을 향해 달려드는 털뭉치를 보고 놀라지 않을 수는 없었다. 꼬리뼈부터 찌릿한 통증이 전해졌다.

"으, 너 이놈 자식 내가 도와주려고 그랬더니……."

무단 침입도 모자라 선제공격까지 하다니. 괘씸함을 느끼며 고개를 돌린 모아는 눈앞의 동물을 보곤 말을 잃었다.

청설모도 너구리도 아닌 그것은 작은 여우 혹은 삵 정도 크기의 동물이었다. 외형 역시 삵과 비슷했지만, 아무리 봐도 삵은 아니었다. 하얀 털과 푸르고 뾰족한 발톱, 그리고 머리 위에 염소처럼 작은 뿔 두 개가 솟은 삵이 있다는 말은 어디서도 들어 보지 못했다. 네스 호의 괴물 같은 미확인 생명체를 다루는 미스터리 유튜브 채널에서라면 또 모를까.

"너, 흠, 너 누구니?"

모아는 거리를 유지한 채 천천히 자세를 낮췄다. 녀석의 푸른 눈동자가 모아를 향했다. 고개를 살짝 기울이며 귀만 쫑긋거리는 걸 보니 다행히 공격 태세는 아니었다. 녀석이 몸체에 비해 커다란 앞발을 탈탈 털었다.

"아직 애기네?"

성체가 되면 저 발에 맞게 덩치가 커질 것이다. 그렇다는 건 근처에 어미가 있을 수도 있다는 건데. 이 집에 이름 모를 동물의, 덩치 큰 어미까지 찾아온다면 그때는 아무리 권모아라도 곤란한 상황이 펼쳐질 것이다. 일단 신고부터 해야 하나.

"너 어디에서, 으, 왔어?"

그사이 모아를 향한 경계심이 조금 풀린 녀석이 부엌 바닥에 엉덩이를 붙이고 앉았다. 모아는 녀석이 앞발로 머리 위에 자란 뿔을 톡톡 건드리는 걸 유심히 바라봤다. 혹시 저 뿔이 어딘가에 부딪혀서 생긴 혹은 아닐까 싶었다. 아니면 돌멩이나 나무뿌리가 박힌 것일 수도 있고. 그것도 아니면 선천성 기형일지도 모른다. 확실한 건 자세히 확인을 해 봐야 알 수 있을 것 같았다.

"미안한데, 핫, 내가 좀 봐도 될까?"

아무리 수의사라도 정체 모를 동물에게 함부로 다가가는 건 위험하다. 권모아도 잘 알고 있는 사실이었지만, 멋대로 뻗어 나가는 손을 막을 수는 없었다. 그나마도 많이 참은 거였다.

"……괜찮아."

손바닥을 보인 상태로 슬쩍 내밀자 너석이 고개를 갸웃거리며 콧구멍을 벌름거렸다. 호기심을 보이는 것을 보니 확실히 애기는 애기인 모양이었다.

너 이렇게 경계심이 없어서 이 험한 세상 어떻게 살아가려고 그러니. 모아가 그런 생각을 할 때, 너석이 엉덩이를 들어 올렸다. 촉촉한 밤조림 같은 코가 모아의 손끝에 닿을 듯 가까워졌다.

덜커덩.

그때 또다시 큰 소리가 났다. 아까보다 둔탁하고 무게감 있는 소리였고, 이번에도 싱크대 찬장 안쪽이었다. 놀라서 푸드덕 뛰어오른 털뭉치 너석은 열려 있던 문밖으로 순식간에 뛰쳐나가 버렸다. 모아가 미처 붙잡을 새도 없었다.

"어, 자, 잠깐!"

한발 늦게 몸을 일으키려던 모아의 발목이 휘청 꺾였다. 상체가 뒤로 크게 기울었다. 모아가 어어, 하고 팔을 휘적대며 중심을 잡기 위해 애쓰는 사이, 찬장 문이 저 혼자 벌컥 열렸다. 동시에 안쪽에서 시커먼 형체가 쏟아지듯 튀어나오는 게 보였다. 방금 집을 나간 털뭉치보다 훨씬 커다란 몸집에 모아는 본능적으로 위협을 느꼈다. 그러나 몸을 바로 세우기에도, 눈앞에 달려드는 것을 피하기에도 너무 늦었다. 모아는 차라리 두 눈을 질끈 감아 버렸다.

그 순간, 무언가 모아의 손목을 단단히 붙들어 잡았다. 날카로운 발톱이나 털은 느껴지지 않았다. 그리고 뒤로 꺾이려던 허리가 받쳐졌다. 당겨 안듯이 붙어 오는 체온은 적당히 뜨끈했고, 코끝으로 쌉싸름한 풀꽃 향기가 스쳤다.

모아는 감았던 눈을 번쩍 떴다. 동시에 새카만 눈동자와 눈이 마주쳤다. 모아의 뺨까지 늘어진 짙은 갈색 머리칼 사이로 살짝 보이는 동공, 얇은 속쌍꺼풀이 진 눈, 눈꺼풀이 감길 때마다 조개처럼 여닫히는 속눈썹까지. 그건 분명 사람의 눈이었다. 그것도 눈동자가 아주 맑은.

"으악!"

모아의 입에서 뒤늦게 비명이 터졌다. 털뭉치의 습격을

받았을 때보다 더 큰 비명이었다. 모아는 정체불명의 침입자를 밀치며 몸을 바로 세우려고 했으나, 무릎에 힘이 풀리는 바람에 다리가 말을 듣질 않았다. 또 휘청대며 넘어질 뻔한 모아에게 다시 낯선 손이 뻗어 왔다.

"조, 조심······."

"오, 악, 오지 마!"

큰소리에 침입자는 황급히 손을 거두며 뒷걸음질을 쳤다. 그도 모아만큼이나 놀란 듯 보였다. 그 모습이 벌컥벌컥 뛰어대는 모아의 심장을 진정시키는 데에 도움이 되는 건 아니었다.

"너, 너, 읏, 누구야!"

미친 변태인가? 도둑인가? 그것도 아니면 빈집에 들어와 살고 있던 떠돌이인가? 뭐가 됐든 들짐승과는 비교도 안 되게 위험한 인간임이 분명했다.

주춤주춤 거실까지 물러난 모아는 수상한 침입자의 행색을 훑었다. 턱 언저리까지 기른 머리 때문에 처음엔 여자로 착각할 뻔했지만, 모아보다 머리 하나는 더 큰 신장이나, 웅얼웅얼 뭉개지듯 흘러나오는 낮은 음성은 분명 성인 남자의 것이었다. 대체 저 정도 덩치의 남자가 어떻게 작은 찬장에 몸을 구기고 들어가 있었던 건지 도무지 이해가 가지 않앉다.

"누구냐고! 너 여긴 어, 훗, 어떻게 들어왔어!"

모아는 급한 대로 구석에 세워져 있던 플라스틱 빗자루를 찾아 쥐었다. 변변찮은 무기에 어설픈 위협이었지만 나름 효과가 있었던 것인지 남자가 한 걸음 더 뒤로 물러났다. 팔자로 늘어뜨린 눈썹이 몹시 곤란해 보였다.

"미, 미안해요. 급하게 나오느라 인간이 있는 줄 몰랐어요."

남자의 눈동자가 불안하게 흔들렸다. 겉보기엔 다 큰 성인 남성이 분명한데, 말이나 행동은 영 어리숙해 보였다. 혹시 모아가 방심하는 틈을 노리려고 어리숙한 척을 하는 건가 싶기도 했다. 모아는 정신을 다잡으며 빗자루를 쥔 손에 힘을 줬다.

"언제부터, 아니, 어떻게 들어와, 흐, 있었던 거야!"

"저, 저는 그러니까, 제가 여기에 들어와 있었던 게 아니고, 아니, 맞기는 한데 그게 사실은 여기가 아니라 다른 곳에……."

"뭐라는 거야!"

이 미친놈이 술을 처마셨나, 아니면 횡설수설 얼버무려서 넘어가 보려는 심산인가.

"너 따, 읏, 딱 가만히 있어! 내가 지금 당장 신고할 테니까!"

주머니에서 핸드폰을 꺼낸 모아가 달달 떨리는 손가락으로 숫자를 입력하려던 때였다. 남자의 뒤로 싱크대 찬장 문이 다시 열렸다. 핸드폰 액정 위의 손가락을 멈춘 모아가 다시 고개를 쳐들었다.

"뭐, 뭐야, 또!"

반사적으로 뒤로 물러난 모아는 이번에도 저절로 열린 문 사이에서 제 손바닥만 한 짐승이 폴짝 뛰어내리는 것을 바라봤다. 작은 몸집을 보고 이번에야말로 정말 쥐인가 했다. 그러나 그것은 쥐보다는 두더지를 닮아 있었다. 두더지가 왜 땅속이 아니라 찬장에서 튀어나왔는지도 의아했지만, 그보다 더 이상한 건 따로 있었다. 두더지의 몸이 빳빳하고 투명한 비늘털로 뒤덮여 있었기 때문이다.

"저게 뭐……."

처음엔 헛것을 보는 줄 알았다. 하지만 녀석이 짧은 다리를 움직일 때마다 바스락바스락 소리를 내며 오묘한 색으로 빛나는 것은 분명 비늘로 된 털이 맞았다.

모아가 넋이 빠진 사이, 비늘털을 가진 두더지는 남자의 옷자락을 타고 올랐다. 남자는 제 어깨에 오른 녀석을 보고도 놀란 기색 하나 없었다.

"나, 나도 따라 나가려고 했는데 여기 있던 인간이랑 부딪히는 바람에……."

심지어 남자는 그 정체를 알 수 없는 두더지에게 변명을 늘어놓기 시작했다. 소리가 나자마자 곧장 쫓아 나온 거라느니, 녀석이 이미 밖으로 달아난 것 같다느니, 꽤나 상세한 말을 전하는 남자는 꼭 제 어깨 위에서 펄쩍거리는 두더지와 대화라도 하고 있는 것 같았다.

동물과의 대화라면야 권모아도 일가견이 있지만, 저들의 대화는 모아가 해 오던 것과는 조금 달라 보였다. 그러니까, 꼭 정말로 말이 통하는 것 같아 보였달까.

아무래도 제대로 미친놈에게 걸린 것 같다.

그러한 결론에 다다른 모아는 다시 핸드폰을 들었다. 아니, 그러려고 했다. 별안간 손가락에 힘이 빠지지만 않았다면 말이다.

모아는 제 손안에서 쑥 빠져나간 핸드폰이 바닥으로 곤두박질치는 광경을 멍청히 바라만 봤다. 손가락 하나 까딱하지 못했다. 모아의 반사 신경이 굼떠서가 아니었다. 꼭 몸 안의 근육이 다 빠져나간 것처럼 손이, 아니, 몸 전체가 말을 듣지 않았다. 마치 얼음이 꽝꽝 언 호수에 빠진 느낌이었다.

손끝부터 발끝까지 뻣뻣하게 굳어 버린 근육은 모아의 몸뚱이를 제대로 지탱해 주지 못했고, 모아는 제 몸이 피사의 사탑처럼 기울어지는 것을 느꼈다.

"도와……."

본능적으로 도움을 구하려던 모아의 말이 뚝 끊겼다. 도움을 청할 상대가 적절한가 고민하기도 전에, 혀가 먼저 굳어 버려 움직이지 않았기 때문이다.

"어어, 조, 조심해요!"

그사이 빠르게 다가온 남자가 힘없이 늘어지는 모아의 몸뚱이를 받아 냈다. 더 정확히는 모아에게 깔려 쓰러진 것이라고 해야겠지만.

"어, 이거……!"

끙끙거리며 몸을 일으키던 남자는 별안간 놀란 표정을 지으며 모아의 손을 낚아채 올렸다. 그 손을 뿌리치고 싶은 모아의 의지와 달리 관절 인형처럼 손쉽게 딸려 올라간 손등엔 전에 없던 상처가 나 있었다. 꼭 푸른 물감을 발라 놓은 듯한 네 줄의 상처와 그 위로 배어 나온 새빨간 피. 날카로운 것이 할퀸 듯한 상처는 분명 모아가 이 집에 들어오기 전까지만 해도 없던 것이었다.

"설마 흰뿔바람한테 긁힌 거예요?"

흰뿔, 뭐? 그게 뭔데?라고 물을 새도 없었다. 남자가 다짜고짜 모아의 손등을 물어 버린 탓이었다. 쭈왑, 하고 다소 낯뜨거운 입소리와 함께.

"으으!"

모아는 팔을 퍼덕거리며 진저리를 쳤다. 아니, 그랬다고 생각했다. 하지만 팔다리는 여전히 모아의 뜻대로 움직여 주지 않았고, 그 와중에 남자의 뜨거운 입안으로 살결이 빨려 들어가는 듯한 느낌만은 선명했다. 지나치게 생생한 감각은 오히려 모아에게 이 모든 게 꿈이라는 확신을 심어 주었다. 그렇지 않고서야 이런 일이 가능할 리가 없지 않은가. 비늘털로 뒤덮인 두더지와 대화하는 남자, 그리고 온몸이 굳은 채 팔을 물린 권모아라니. 꿈이 아니라면 도무지 말이 안 됐다.

그러니까 이건 권모아의 끔찍한 상상력이 만든 악몽이다. 좀비 영화의 한 장면처럼 팔이 다 물어뜯기고 나면 이 꿈에서도 깨어나는 거다. 아니면 뱀파이어 영화처럼, 피를 다 빼앗기고 미라가 되면서 깨어나거나.

그러나 모아의 예상과 달리 남자가 다시 고개를 들 때까지 꿈은 끝나지 않았다. 그나마 다행인 것은 팔이 물어뜯기지도, 미라가 되지도 않았다는 점이었다.

과연 그걸 다행이라고 여겨도 되는 건진 잘 모르겠지만.

"어, 어떡하지. 이미 독이 퍼졌나."

퉤, 하고 푸른 침을 뱉은 남자의 입에서 나온 단어가 귀에 꽂혔다.

독이라고?

덜컥 겁이 났다. 몸이 말을 듣지 않는 게 그래서라면 해독이 필요할 터였다. 이렇게 자빠져 있을 게 아니라 한시라도 빨리 병원에 가야 한단 소리였다. 문제는 어디서 튀어나온 건지 모를 이 미친 남자와 두더지 한 마리가 모아를 병원으로 데리고 가 주진 않으리란 점이었다. 당연히 구급차를 불러 줄 것 같지도 않았고.

그런 모아의 속을 아는지 모르는지 남자는 눈썹 끝을 한껏 내리며 그래도 괜찮을 거라는 태연한 소리나 해댔다.

"걱정 마요. 아직 어린 녀석이었으니까 내일쯤이면 움직일 수 있을 거예요."

그러니까 그게 다 무슨 개소리냐고.

모아는 아까부터 남자의 입에서 나오는 말을 대체로 알아들을 수가 없었는데, 지금은 특히 더 그랬다. 흰뿔바람은 대체 뭐고 내일이면 괜찮아질 거란 말은 또 어떻게 믿는단 말인가. 다 필요 없고, 괜찮아지면 내가 너부터 신고할 거란 말이 혀끝을 맴돌았는데, 역시나 소리는 나오지 않았다.

그사이 남자는 모아를 딱딱한 거실 바닥에 반듯하게 눕혔다. 남자의 행동을 본 두더지는 모아의 머리맡에서 펄쩍펄쩍 뛰어댔다. 뭔가 성이 난 듯한데 당연히 정확한 의미를 알 수는 없었다. 반면에 남자는 이번에도 다 이해한 사람처럼 두더지를 향해 말했다.

"어차피 멀리 못 갔을 거야. 다친 사람을 두고 그냥 갈 수도 없고……."

두더지의 눈치를 살피며 말하는 남자의 말끝이 흐리마리했다. 두더지는 그런 남자의 소맷자락을 잡아당기며 자꾸 뭔가를 다그쳤다. 실랑이는 꽤 오래 이어졌다.

"……알았어, 지금 바로 갈게."

승리는 두더지의 것이었다. 그제야 정신없이 굴던 두더지가 잠잠해졌다.

모아는 눈동자만 겨우 움직여 자신을 내려다보는 낯선 남자와 비늘털의 두더지를 번갈아 보았다. 또 한 번 이게 진짜 꿈이 아닐까 의심했다. 아무래도 꿈이라고 믿는 편이 더 속 편할 것 같은 장면이기도 했고.

"한숨 자고 일어나면 괜찮을 거예요."

남자는 그런 권모아의 마음을 알아차리기라도 한 것처럼

느닷없이 수면을 권했다. 그러곤 가운처럼 여민 상의 안쪽에서 작은 조롱박을 꺼냈다. 휴지 심만 한 크기에 호리병을 닮은 조롱박 끝은 서너 장쯤 겹친 풀잎 마개로 덮여 있었다. 저걸로 뭘 하려는 거지? 의구심을 가지기가 무섭게 남자가 조롱박 끝의 풀잎을 벗겨냈다. 그러자 길쭉한 주둥이 밖으로 하얀 연기 같은 것이 넘실넘실 흘러나오기 시작했다. 연기는 공중으로 흩어지지 않고 모아의 머리 위로 모여들었다. 금세 머리맡을 뒤덮은 연기에 모아의 눈동자가 불안하게 흔들렸다.

"괜찮아요, 짙은숲안개예요. 몸에 해로운 건 아니고……."

모아를 안정시키려던 남자의 말이 거기서 끊겼다. 해로운 건 아니고 뭐? 조용히 재촉하는 모아의 눈빛에 남자는 슬쩍 시선을 피했다.

"조금만 참아요."

뭘 참으라는 건진 모르겠지만 왠지 예감이 좋지 않다 싶은 순간이었다. 모아의 오른쪽 관자놀이에 못이 뚫고 들어오는 듯한 통증이 찾아왔다.

"으!"

고통은 관자놀이를 지나 머리 깊숙이까지 파고들었다. 그 모습을 지켜보던 남자가 초조한 듯 손톱을 착착 부딪치는 모습을 마지막으로, 모아의 눈앞이 뿌예졌다. 떠다니는 연기에 시야만 흐려진 것이 아니라 의식 자체가 몽롱해지고 있었다. 동시에 머리를 쩡쩡 울리던 통증도 한순간에 증발했다.

한숨 자고 일어나라던 남자의 말이 이런 의미였을까. 이 연기는 대체 뭐지. 이상한 약이라도 먹인 거면 어쩌지. 다시 눈을 뜨지 못하면? 상상은 계속 최악으로 치닫는데, 어째서인지 머리는 점점 가볍게 비워지는 느낌이었다. 정말로 한숨 푹 자고 일어나면 모든 게 제자리로 돌아와 있을 것만 같은 느낌.

안 되는데, 하는 생각이 든 건 잠깐에 불과했다. 까무룩 꺼지는 의식에 모아는 끝내 눈을 감았다.

권모아의 왼쪽 관자놀이 밖으로 검은 연기가 빠져나왔다. 실지렁이처럼 공중을 떠다니던 연기는 본래의 자리를 찾듯 다시 조롱박 안으로 들어갔다.

그 모습을 본 비늘두더지가 권모아의 얼굴 위로 통통한 앞발을 들이밀었다. 눈앞에서 이리저리 움직여 보기도 하고, 길쭉한 발톱으로 하얀 뺨을 쿡 찔러 보기도 하고. 그러고도 모아가 잠잠하자 그제야 안심한 듯 가슴을 쓸어내린 비늘두더지가 사납게 콧구멍을 실룩거리며 몸을 돌렸다.

「내가 밖에 나올 땐 늘 조심하라고 했지!」

작은 몸집에서 터져 나오는 불호령에 문지기의 넓은 어깨가 한껏 쪼그라들었다.

"평소엔 조심해. 오늘은 너무 급해서……."

웅얼웅얼 둘러대는 문지기의 말이 변명만은 아닌 게, 본래 통로가 아닌 곳에 난데없이 문이 생겨서 당황한 건 비늘두더지도 마찬가지였다. 마침 흰뿔바람이 나가는 순간을 문지기가 목격했기에 망정이지, 그게 아니었더라면 꽤 오랫동안 이탈을 알아차리지 못했을지도 몰랐다.

「대체 어떻게 여기로 나온 거지? 여긴 별다락이랑 통하는 길도 아닌데.」

별다락. 그것은 문지기와 비늘두더지가 사는 세계를 부르는 이름이었다. 별다락은 인간들의 땅 뒤편, 밤이 가장 어두우나 가장 먼저 빛이 드는 틈, 가장 깊지만 가장 얕은 물, 그 너머에 있는 잊힌 땅이었다. 그 외로운 땅에 신비하고도 괴상한 꽃과 나무, 기이한 동물들이 모여 살기 시작한 것이 정확히 언제부터였는지는 비늘두더지도 잘 알지 못했다. 아주 먼 옛날일지도 어쩌면 아주 가까운 과거일지도 모른다. 확실한 것은, 한때는 그들도 인간들이 사는 바깥 세계에 함께 살 때가 있었다는 점이다. 비록 지금은 인간들을 피해 달아난 별다락이 그들의 세계가 되었지만 말이다.

물론 이주한 세계에 아무 문제가 없는 것은 아니었다. 별다락은 어디까지나 불완전한 틈의 세계였기 때문이다. 균열과 어긋남 위에 자리 잡은 세계는 이따금 혼돈을 일으켰고, 그럴 때면 바깥 세계와 이어지는 통로가 열리곤 했다. 호기심 많은 별다락의 동물들이 그 주변을 기웃거리다가 길을 잃고 바깥 세계로 이탈하는 이유였다. 바로 조금 전에 튀쳐나간 흰뿔바람처럼 말이다.

하지만 오늘은 여느 때와 분명 다른 문제가 있었다. 그러니까 이 길이 낯설다는 점이었다. 땅 위는 물론이고 땅 아래에도 모르는 길 하나 없는 비늘두더지는 별다락과 바깥 세계를 잇는 길 또한 모두 알고 있었다. 그런데 왜 이 길은 처음 보는 것일까. 어쩐지 찜찜한 마음이 드는 비늘두더지였지만 지금은 급한 불부터 끄는 게 먼저라는 생각이 들었다.

「일단 흰뿔바람부터 찾자.」

벌써 인간 한 명에게 모습을 보였다. 아무리 짙은숲안개로 기억을 지울 수 있다고 해도 별다락의 동물이 인간을 자주 마주쳐서 좋을 게 없었다. 인간들은 낯선 존재에게 쉽게 관심을 보이고, 그 관심은 또 쉽게 적의가 되기도 하니까.

「곧 이 세계도 해가 질 거야. 달이 뜨면 더 찾기 힘들어지니까 빨리 움직여야 해.」

별다락의 동물들은 밤에 익숙했다. 그늘 뒤에 사는 존재들이니 당연한 일이었다. 비늘두더지는 흰뿔바람이 더 멀리 달아나기 전에 뒤를 쫓기 위해 문을 나섰다. 그런데 당연히 따라 나올 줄 알았던 문지기가 조용했다. 돌아보니 잠든 권모아에게 분홍색 수건을 펼쳐 덮어 주고 있었다.

「너 뭐 해? 빨리 오라니까!」

"응, 지금 가!"

문지기가 황급히 몸을 일으켰다. 그 와중에도 끝까지 수건을 잘 덮어 주고 돌아서는 모습에 비늘두더지는 쯧, 하고 혀를 찼다. 아무리 봐도 문지기에 어울리는 놈은 아니었다. 그리고 그 생각을 무려 20년이 넘게 하고 있는 비늘두더지였다.

뜻밖의 불청객

아, 더워.

눈이 번쩍 뜨인 건 무더위 때문이었다. 모아의 둥근 이마를 타고 흐른 땀방울이 머리카락 사이로 스몄다. 얼굴은 물론 등까지 땀으로 흥건했다. 비몽사몽 무거운 고개를 들어 올린 모아는 제 가슴팍 위를 덮고 있는 것을 내려다봤다. 거뭇하게 때가 묻은 마른걸레였다.

"뭐야, 왜 걸레를……."

질색을 하며 몸을 일으키자 덮여 있던 걸레가 힘없이 바닥으로 떨어졌다. 모아는 떨어진 분홍색 걸레를 집어 들고는 빠르게 눈을 깜빡였다. 꿈속을 헤매던 정신머리가 현실로 돌아오기까지는 수 초가 더 걸렸다.

내가 언제 잠들었지?

전혀 기억이 나지 않았다. 택시에서 내려 마을까지 걸어왔던 것도 기억나고, 이 집에 들어와 청소를 했던 기억도 선명한데, 어째서인지 그 뒤로는 뚝 끊겼다. 꼭 필름을 싹둑 도려내기라도 한 것 같았다.

모아는 무지근하게 욱신거리는 관자놀이를 손바닥 둔덕으로 지그시 눌렀다. 온몸이 찌뿌둥한 건 맨바닥에서 잤기 때문인지, 피로 누적 때문인지 잘 모르겠다. 알게 모르게 그간 쌓였던 스트레스가 꽤 많았던 걸까 싶기도 했다. 아무것도 없는 거실 바닥에서 기절하듯 잠들 정도로.

시간을 확인하기 위해 바닥에 떨어져 있던 핸드폰을 주워 든 모아는 화면을 켜자마자 보이는 숫자에 멈칫했다. 통화 키패드 화면에 숫자 '11'이 눌려 있었다. 이번에도 모아의 기억엔 없는 장면이었다. 그러나 그보다 모아를 더 놀라게 한 것은, 키패드 화면을 내리자마자 보이는 날짜였다.

"……뭐야, 이거."

모아가 착각을 한 게 아니라면, 하루가 지난 아침이었다. 열두 시간도 훨씬 넘게 자고 일어났다는 뜻이었다. 이 정도면 잠든 게 아니라 진짜로 기절했던 거 아닌가.

"계십니까?"

영문도 모른 채 하루가 삭제되어 정신머리가 빠진 모아

의 귀에 낯선 남자의 목소리가 들려왔다. 똑똑, 하고 간결한 노크 소리도 이어졌다. 몇십 년이나 비어 있던 집에 손님이 찾아온 것이었다. 그것도 이렇게나 이른 시간에, 대체 누가? 의아해지려는 찰나, 문밖의 기척이 더 가까워졌다.

"비어 있는 거 맞는 것 같은데."

덜컹, 하고 미닫이문이 가볍게 흔들렸다. 모아는 그제야 간밤에 자신이 문단속을 제대로 했던가 생각했다.

"누구, 자, 잠시만요!"

벌떡 일어난 모아가 막 열리려는 문으로 손을 뻗었다. 그러나 문을 여는 쪽이 조금 더 빨랐다. 열린 문 바깥에 서 있는 건 경찰복을 입은 남자였다. 갑자기 튀어나온 모아를 보고 놀란 건 그쪽도 마찬가지인지 남자는 문을 밀었던 손을 빠르게 떼어 내며 물러났다.

"아, 죄송합니다. 오래 비어 있던 집이라 당연히 아무도 없을 줄 알고……."

이른 아침 갑작스레 찾아온 경찰이 이상했지만, 모아는 그보다 왜 이 경찰의 얼굴이 낯익은지 고심했다. 시선이 절로 경찰의 가슴팍에 박힌 명찰로 옮겨갔다. 흰 실로 정갈하게 자수가 놓인 이름 석 자가 눈에 들어왔다. 모아는 그제야 저 얼굴이 익숙했던 이유를 알아차렸다. 모아의 얼굴을 빤히 뜯어보던 눈앞의 경찰도 그 이유를 깨달은 듯했고.

"근데 혹시…… 권모아?"

모아는 자신의 이름을 부르면서도 긴가민가 주저하는 경찰의 얼굴을 가만히 바라봤다. 송충이처럼 진한 눈썹은 예나 지금이나 변함이 없었다. 월녕초등학교 1학년 2반, 권모아의 초등학교 동창이자 마지막 짝꿍.

"나 모르겠어? 나 민석이야, 범민석."

"……어, 알아."

그때 알던 사람들을 만날 수도 있겠다고 생각은 했지만, 이렇게 빠를 줄은 몰랐다. 그것도 동창생을, 그중에서도 하필이면 범민석을.

"그치, 너 모아 맞지? 와, 설마했는데. 야, 진짜 반갑다! 너 이사 가고 우리 처음 보는 거 아냐?"

20년 만에 봐 놓고 마치 어제 만났던 사람처럼 친근하게 구는 민석은 1학년 2반 반장을 맡았던 그 시절 그대로였다. 그때도 붙임성이 좋고 누구와도 말을 잘 섞는 녀석이었다. 유쾌하면서도 튀지 않고, 유순하지만 만만하지 않은 존재감을 가진 민석을 볼 때마다, 모아는 그가 카피바라를 닮았다는 생각을 하곤 했다. 물론 민석에게 말한 적은 없었다.

"나 여기 읍내 파출소에서 일하거든. 순찰 돌다가 마당에 무슨 가방이 보이길래, 난 또 누가 빈집에 뭐 버려두고 간 줄 알았어."

모아는 그제야 밤새 바깥에 방치해 뒀던 캐리어를 떠올렸다. 다행히 민석의 어깨 너머로 보이는 캐리어는 어제 두었던 그 자리에 그대로 있었다. 간밤에 비가 내리지 않은 게 천만다행이었다.

"설마 네가 왔을 줄은 꿈에도 몰랐다. 잘 지냈어?"

"어, 뭐, 나야 잘 지냈, 으, 지냈지."

말을 잇는 도중 튀어나온 모아의 틱에 민석의 표정이 미묘하게 요동쳤다. 모아와 눈이 마주치자마자 재빨리 표정을 바꾸긴 했으나 그 찰나의 순간을 못 알아챌 수가 없었다. 새삼스레 마음이 상하진 않았다. 모아는 자신과의 대화가 익숙지 않은 사람들이 짓는 표정에 익숙했으니까.

"보다시피 난 예전이랑 똑같고, 크흠, 여전해."

"그러게, 넌 진짜 똑같다. 난 많이 늙었는데, 하하."

모아의 말이 그런 뜻이 아니라는 걸 뻔히 알면서도 민석은 엉뚱한 쪽으로 말을 돌리며 웃었다. 역시나 사회성이 좋은 카피바라였다.

"저 캐리어 네 거지? 내가 안으로 옮겨 줄게."

"아냐, 내가 해도 되는……."

민석을 만류하려 손을 뻗던 모아가 문득 동작을 멈췄다. 손등에 못 보던 상처를 발견한 탓이었다. 꼭 뾰족한 발톱에 긁힌 듯한 네 줄의 상처. 이런 찰과상이라면 병원에서 일할 때도 흔하게 달고 살았던 터라 낯설진 않았지만, 분명 어제까지만 해도 없던 상처였는데.

잘 때 뭐가 들어왔었나?

모아는 긁힌 살갗 주변을 살짝 매만졌다. 상처 위를 스친 손끝에 푸른 물감 같은 것이 말라붙어 가루로 묻어 나왔다.

"근데 짐이 꽤 무겁네. 오래 있다가 갈 건가 봐?"

모아가 상처에 정신이 팔린 사이 거실 안으로 캐리어를 밀어 넣은 민석이 물었다.

"어, 뭐, 당분간⋯⋯."

모아는 손등을 등 뒤로 슬쩍 감추며 대답을 얼버무렸다. 이런저런 사정을 설명하기가 번거롭고 성가셨다.

"범 경장님!"

그때 다급한 목소리가 끼어들었다. 눈을 돌리자 담장 위로 불쑥 얼굴을 내밀고 있는 남자가 보였다. 민석과 같은 경찰모를 쓰고 있었다.

"저 위에 소 축사에서 신고 들어왔다는데요?"

"축사에서? 왜, 또 멧돼지래?"

"그런가 봐요. 지금 소들 쓰러지고 아주 난리 났다는데요?"

"이놈의 멧돼지들 한동안 잠잠하다 싶더니 또 난리네."

산짐승이 농작물에 피해를 입히는 일이라면 어느 농가에서나 흔하게 벌어지는 일이었다. 하지만 소 축사에 멧돼지가 피해를 입히는 경우는 흔치 않은데. 민석이 곤란하다는 듯 머리를 긁적였다.

"모아야, 미안한데 내가 지금 가 봐야……."

"소가 쓰러졌다고?"

아쉽게 인사를 건네려던 민석이 응? 하고 되물었다. 모아는 아예 집 밖으로 나와 신발을 신으며 다시 물었다.

"소가 쓰러졌다며. 큼, 무슨 일인데?"

내내 심드렁하던 모아가 갑자기 보이는 관심에 민석은 다소 얼떨떨하게 답했다.

"별일은 아니고, 어젯밤에 산에서 멧돼지가 내려왔었나 봐. 어젠 과수원에서 신고가 들어오더니, 오늘은 또 축사에서 신고가 들어왔나 보네."

"괜찮대?"

"어, 뭐, 구조대 부르란 말은 없는 거 보니 다친 사람은……."

"아니, 소 말이야."

민석의 말을 끊은 모아의 표정이 진지했다.

"왜 쓰러졌대? 흐, 멧돼지한테 공격 받은 거야? 다, 다쳤대?"

모아의 질문 세례에 민석은 조금 당황할 수밖에 없었다. 그러니까, 모아가 지금 걱정하는 대상이 사람이 아니라 쓰러진 소라는 점에서.

"안 되겠다. 내가 가, 가 봐야겠어."

"어? 어딜?"

모아는 대답 대신 민석이 옮겨 준 캐리어 안에서 검은색 에코백을 꺼냈다. 가방 안엔 청진기와 간단한 비상약 따위가 들어 있었다. 다만 사람이 먹는 약은 아니었다.

"가자."

가방을 쥔 모아가 민석에게 손짓했다. 민석은 그런 모아의 뒤를 다급히 따라붙었다.

"자, 잠깐만, 모아야. 어딜 가자는 건데?"

"축사."

"그러니까 거긴 왜?"

"수의사 필요할 거 아냐."

"어?"

맹하게 되묻는 민석의 반응이 답답했는지 모아가 순찰차 문을 열다 말고 신경질적으로 고개를 돌렸다.

"내가 수, 흡, 수의사라고."

그 말과 함께 아무도 타라고 한 적 없는 차에 몸을 싣는 모아였다.

첫사랑, 이라고 하기엔 좀 거창했다.

누구는 소꿉친구로 만나 결혼까지 한다지만, 그런 운명적인 인연과 견주기엔 권모아와 범민석의 만남은 지극히 평범했다. 월녕읍에 사는 아이라면 읍내 유일의 초등학교인 월녕초에 입학하는 것이 당연했고, 학년 당 세 학급이 다인 곳에서 같은 반이 된 건 그리 놀라울 일도 아니었으며, 서른 명이 조금 넘는 반 아이들 중 하필 둘이 짝으로 맺어진 것 역시 대단한 운명이라고 할 수는 없었다.

학기 초부터 매달 바뀌던 짝꿍은 언제나 제비뽑기로 정해졌다. 분명 공정성을 표방하고 있음에도 막상 결과가 나오면 하나같이 불공정하다는 불만만 속출하는 게 바로 제비뽑기였지만, 어찌 됐든 가장 빠르고 효율적으로 자리를 섞을 수 있어 유서 깊은 전통으로 자리 잡은 방식이었다.

물론 전통이고 뭐고, 아이들의 불평은 끊이지 않았다. 앞에 앉은 애 때문에 칠판이 안 보인다는 둥, 뒤에 앉은 애가 자꾸 의자를 찬다는 둥, 옆에 앉은 애가 너무 시끄럽다는 둥. 권모아도 그런 불평이 있었느냐 묻는다면, 오히려 불평의 원인이 되는 아이였다고 말하겠다.

여덟 살의 권모아는 지금보다 훨씬 더 틱 증상이 심했다. 그리고 그 나이대의 아이들은 권모아의 틱이 신경 전달 체계 이상으로 인한 비자발적인 증상이라는 걸 이해하기 힘들어했다. 반 아이들 사이에서 권모아가 늘 트러블의 원인이 되었다는 소리다.

학기 초 권모아의 짝꿍으로 당첨되었던 남자아이가 모아에게 조용히 좀 하라며 짜증을 냈다가 머리채가 잡혀 의자째 밀려 넘어지는 일을 겪은 후로 불편한 시선은 더욱 심해졌다. 그 뒤부터 모아와 짝이 된 아이들은 꼭 책상을 떨어뜨려 옆 분단에 붙어 앉곤 했다. 예외를 둬선 안 된다며 임의로 자리를 바꾸는 걸 용납하지 않던 담임도 그것까진 뭐라 할 수 없었던 건지 언젠가부턴 대놓고 옆 분단에 붙어 앉는 아이를 보고도 눈을 감아 주었다.

덕분에 권모아는 1학년 내내 짝꿍이 있는 듯 없는 듯, 외딴섬처럼 지냈다. 싸움닭처럼 눈을 치켜뜨고 지내는 것보단 훨씬 편한 생활이었다.

권모아의 그런 편한 생활에 불쑥 끼어든 애가 바로 월녕초의 카피바라, 범민석이었다. 학기가 끝나 갈 즈음이었다. 늘 그렇듯 공정한 듯 불공정한 제비뽑기의 결과로 권모아의 짝이 된 범민석은 왜인지 다른 아이들처럼 책상을 떨어뜨려 앉지 않았다. 권모아에게 조용히 하라며 짜증을 내지도 않았고, 시도 때도 없이 튀어나오는 권모아의 틱에 눈을 흘기지도 않았다. 다만 공책에 선생님의 말을 빠짐없이 받아 적고 있는 권모아를 물끄러미 보다가 그랬다.

"너 글씨 엄청 잘 쓴다."

그 말에 쥐고 있던 연필심이 똑, 부러졌다. 반발력으로 튀어 오른 심이 범민석의 눈두덩이를 때렸다. 아야, 하고 눈을 감싸는 모습에 놀란 모아는 고개를 숙이고 녀석의 얼굴을 살폈다.

"괘, 읏, 괜찮아?"

그땐 몰랐지만, 모아가 처음으로 친구에게 먼저 말을 건 순간이었다.

"히히, 괜찮아."

모아의 말에 진한 연필심 같은 눈썹을 문지르며 바보같이 웃어 주는 친구의 얼굴도 처음 보는 거였고. 그러니까, 굳이 따지자면 범민석은 권모아에게 조금 기억에 남는 '처음'

정도랄까.

어쨌든 첫사랑까진 아니었다는 소리다. 진짜로.

"잘 어울린다."

조수석에서 범민석의 목소리가 넘어왔다. 뒷좌석에서 창밖을 보고 있던 모아가 고개를 돌리자 슬쩍 뒤를 돌아보던 민석과 눈이 마주쳤다.

"수의사 말이야. 왠지 너한테 잘 어울려."

"너도. 흠, 경찰 잘 어울려."

"그래?"

범민석이 쑥스럽다는 듯 웃으며 뒷머리를 긁적였다. 기분 좋으라고 한 말이 아니라, 범민석은 정말로 경찰이 잘 어울리는 애였다. 어릴 때부터 무엇을 보든 그 속에서 좋은 걸 먼저 발견하는 녀석이었다. 자고로 경찰이라면 나쁜 일의 진상을 철저히 밝혀 냉철하게 범인을 찾아내는 능력이 우선이라고 말하는 이들도 있겠지만, 모아의 생각은 달랐다. 끊임없이 나쁜 일이 일어나는 세상 속에서도 기어이 좋은 면을 찾아내는 능력이야말로 경찰에게 가장 필요한 능력일지 모른다. 적어도 모아는 그렇게 생각했다.

"거의 다 왔어."

얼마 지나지 않아 순찰차가 멈췄다. 운전하는 내내 묘한 표정으로 범민석과 권모아를 힐긋거리던 박 순경이 먼저 차에서 내렸다. 모아도 곧장 뒤를 따랐다.

그리 크지 않은 규모의 축사는 난장판이 되어 있었다. 그야말로 난리였다. 멧돼지라고 해서 여물이나 좀 뒤집어엎은 정도를 상상했던 모아는 샌드위치 벽 패널이 다 허물어지고 출입문까지 찌그러진 광경에 할 말을 잃었다.

이게 멧돼지가 한 짓이라고?

"아이고, 이를 다 어째, 아이고."

반쯤 쓰러진 축사 문을 열고 들어가자 주인인 최 씨가 바닥에 주저앉아 곡소리를 내고 있었다. 모아는 그런 최 씨보다 쓰러진 소들이 먼저 눈에 들어왔다.

"아저씨. 왜 바닥에서 이러고 계세요."

"아이고, 민석아. 이놈들을 다 어쩌냐. 어제까지만 해도 멀쩡했던 소들이 하루아침에 뭔 일이여, 이게."

금방이라도 울 듯한 얼굴의 최 씨가 민석의 팔을 붙들었다. 친근하게 이름을 부르는 게 아무래도 잘 아는 사이인 듯했다. 가만 보니 모아에게도 조금 낯이 익은 얼굴 같기도 하고.

사실 크게 관심은 없었다. 모아는 최 씨의 한탄을 한 귀로 흘리며 소가 쓰러져 있는 우리 앞으로 다가갔다. 한참 우는 소리를 내던 최 씨도 그제야 모아에게로 눈을 돌렸다.

"근데, 저 아가씨는 누구여?"

"아, 저쪽은······."

"수의사요."

모아는 자신을 소개하려는 민석의 말을 끊으며 답했다. 행여 쓸데없는 말을 할까 싶어서였다. 모아가 예전에 이 동네에 살았었다느니, 사실은 그때 그 권모아라느니 하는 말들.

"수의사? 전화했을 때는 한 시간은 걸린다더니 어째 벌써······."

"저 안에, 흠, 좀 들어가서 봐도 되죠?"

"어어, 당연하지! 어여 가서 봐, 어여!"

최 씨는 모아를 왕진 오기로 한 수의사로 착각한 모양인데, 모아는 굳이 해명하지 않았다. 그 광경을 지켜보는 범민석은 거짓말을 못 해 난처함이 얼굴에 다 드러났지만.

우리 안으로 들어간 모아는 가방에서 청진기를 꺼냈다. 소의 몸에 비해 너무 작은 청진기였다. 수의사라고 해서 모든 동물을 전문적으로 다루진 못했다. 의과에 전문 과목이 있듯 수의대도 마찬가지였다. 모아는 소동물 전문 수의사

였기에 소나 말 같은 대동물은 실습에서나 만나 봤지, 실제로 진찰을 해 본 임상 경험은 많지 않았다. 그렇다고 눈앞에 쓰러져 있는 동물을 보고서 전공 분야가 아니라 못 하겠다며 손을 놓고 있을 수는 없었다. 그럴 생각이었으면 애초에 여기까지 따라오지도 않았을 거고.

모아는 청진기 헤드를 손에 쥐고 소의 가슴 부위를 짚었다. 다행히 심장 소리는 고르고 일정했다. 청진기의 위치를 갈비뼈 사이 늑간으로 옮기자 폐로 들어갔다가 나오는 숨소리 역시 수포음이나 천명음 없이 안정적이었다. 청진기를 내려놓은 모아의 손이 소의 눈꺼풀을 까뒤집었다. 동공의 대광 반사는 정상이었다. 이어 살핀 입안에서도 혀 이완이나 마비 등의 증상은 보이지 않았다. 거기까지 확인한 모아의 고개가 한쪽으로 갸우뚱 기울었다. 지켜보던 최 씨는 초록색 모자챙을 쥐어뜯으며 발을 동동거렸다.

"왜 그려? 뭔 큰 병이라도 난 거여?"

"아뇨."

모아는 일정하게 오르내리는 소의 몸통을 부드럽게 쓸며 답했다.

"그냥 잠, 음, 잠든 것 같은데요."

"……잠? 그냥 자고 있는 거란 소리여?"

그렇게 묻는 최 씨의 눈에 순식간에 의구심이 차올랐다. 모아를 위아래로 훑어보는 시선이 영 미심쩍은 게 속으로 무슨 생각을 하고 있을지가 뻔히 보였다. 아마도, 이거 돌팔이 아녀?라고 생각하고 있겠지.

"보기엔 그렇단 말, 흠, 말이에요. 일단 맥도 정상이고, 흐, 호흡도 일정한데 못 일어나는 거라면…… 혹시 뭘 잘못 먹진 않았죠? 여물에, 음, 문제가 있었다거나."

"뭔 소리여! 내가 준 거엔 일절 문제없었어! 아침에 나오니까 축사는 쑥대밭이 되어 있고, 요놈들은 병든 닭처럼 픽 쓰러져 있더라니까!"

"그럼, 흠, 주인분도 멧돼지를 보진 못하신 거네요?"

"아이, 멧돼지 맞다니께! 내가 축사 들어올 때 멧돼지가 저 뒷문으로 후다닥 나가는 소리가 분명히 났단 말이여!"

"아이고, 아저씨, 진정 좀 하시고요."

억울하다는 듯 씩씩대는 최 씨를 달래는 건 민중의 지팡이 민석의 몫으로 맡겨 두고, 모아는 소의 외관을 다시 살폈다. 다리 쪽에서 작은 찰과상을 발견한 게 그때였다. 꼭 무언가에 긁힌 듯한 상처였는데, 상처 주위로 푸르스름한 색이 번져 있었다.

"이 상처는, 흠, 원래 있던 거예요?"

"뭐, 상처?"

금이야 옥이야 보살피던 소의 다리에 난 상처에 최 씨의 표정이 한층 더 일그러졌다. 그는 자신이 소들을 얼마나 지극정성으로 보살피는지 토로하며 이게 다 그놈의 멧돼지 때문이라고 또 한 번 분통을 터뜨렸다.

하지만 모아의 눈엔 그게 멧돼지 때문에 생긴 상처로 보이지 않았다. 그보다 훨씬 뾰족한 발톱을 가진 동물이 낸 상처 같았고, 심지어 이와 비슷한 형태의 상처를 모아는 바로 조금 전에 보았다. 모아 자신의 손등에서 말이다.

모아는 상처가 난 손등을 소의 다리 옆에 가져다 대 봤다. 환부의 크기며 모양이며 거의 흡사했다. 혹시나 싶어진 모아가 옆으로 자리를 옮겨 다른 소들의 상태를 확인했다. 저마다 위치는 달랐지만 역시나 비슷한 상처들이 나 있었다.

"왜 그려? 그 상처가 뭔디? 혹시 뭐 전염병 이런 건 아니지?"

이것만 봐선 알 수 없었다. 다들 비슷한 상처가 있다는 게 소들이 쓰러진 이유라고 확신할 수도 없었고. 모아가 잠자코 쓰러진 소만 바라보고 있자 최 씨가 제 가슴팍을 퍽 쳤다.

"답답해 죽겠네, 진짜! 말 좀 해 봐! 수의사라면서 그것도 몰러? 야, 민석아. 이 아가씨 수의사 맞긴 허냐?!"

"아, 아저씨, 무슨 소리예요. 수의사 맞다니까요."

"아니, 말하는 것도 영 요상하고!"

"아저씨!"

다급히 최 씨의 말을 끊은 민석이 모아의 눈치를 살폈다.

"얘 모아예요. 권모아."

속삭이듯 목소리를 낮춘 것이 무색하게 민석의 말은 모아에게까지 다 들렸다. 원치 않았던 통성명에 모아는 들리지 않을 한숨을 뱉으며 몸을 일으켰다.

"뭐, 모아라고? 저 감나무 옆집 거기 꼬맹이? 왐마, 어쩐지 말하는 게 뭔가 이상하다 했어, 내가!"

얼굴은 못 알아봐도 그건 기억하는 건지, 진료 가방 안에 청진기를 챙겨 넣는 모아를 바라보는 최 씨의 눈이 굴러떨어질 듯 커졌다.

"너 나 못 알아보겠냐? 나 최씨 아저씨여, 최씨 아저씨. 왜 옛날에 비료 트럭 몰았던."

모아는 주름진 최 씨의 얼굴을 일별했다. 듣고 나니 자기 방어를 위해 고약한 악취를 뿜는 벌꿀오소리처럼 언제나 꼬릿꼬릿한 비료 냄새를 풍기고 다니던 트럭 아저씨의 얼굴이 떠오르는 것 같기도 하고. 모아는 흐릿한 기억을 더듬으며 살짝 고개를 까딱였다.

"쪼끄맣던 아가 이렇게 커부렀네. 그 요상한 소리 내는 병 고치겠다고 서울 가선 생전 안 오더니, 결국 그건 못 고쳤다냐?"

자신의 목을 톡톡 가리킨 최 씨가 퍽이나 안타깝다는 표정을 지어 보였다.

"요상한 소리가 아니라, 큼, 틱이요."

"어, 그래, 띡인지 삑인지, 하여간 그거."

틱이라는 이름조차 생소했을 월녕 마을의 어른들은 옛날에도 모아의 병을 늘 제멋대로 불렀었다. 삑삑이, 빽빽이, 그저 입에서 튀어나오는 대로 이름을 붙이곤 했다. 그런 면에서 이곳 역시 하나도 변하지 않았다는 게 느껴졌다. 여전히 친근하게 상처를 주고 달갑지 않게 온정을 베푼다.

"예, 못 고친대요."

일일이 설명하기도 귀찮아서 무성의하게 내놓은 대답에 최 씨는 작게 혀를 찼다. 그 뒤로도 몇 가지 질문이 더 이어졌다. 정말 수의사가 된 거냐느니, 그 병을 갖고도 수의사가 될 수 있냐느니, 엄마는 어떻게 지내냐느니. 모아의 답은 대부분 짧았다. 수의사 맞아요, 틱 있어도 수의사 될 수 있어요, 엄마는 몇 년 전에 죽었어요. 마지막 답을 했을 때는 잠시 침묵이 흘렀던 것도 같다.

"범 경장님!"

그때 축사 밖을 살피던 박 순경이 헐레벌떡 뛰어 들어왔다.

"요 앞에서 멧돼지 소리가 난 것 같아요!"

그 말에 범민석은 곧장 박 순경의 뒤를 따라 나갔다. 나가기 직전 모아를 돌아보며 위험할 수 있으니 밖에 나오지 말라는 말을 남기는 것도 잊지 않았다. 최 씨는 그놈의 멧돼지를 꼭 잡아야 한다며 목소리를 높였다.

모아는 여전히 이게 멧돼지의 짓인지 의심스러웠다. 모든 소에게 비슷한 상처가 있다는 게 가장 수상했다. 그 상처가 모아 자신에게도 있다는 것은 수상함을 넘어 찜찜하기까지 했고.

축사를 살피던 모아의 눈길이 패널째 찌그러진 뒷문에 닿았다. 멧돼지든 다른 야생동물이든 축사에 침입자가 있었다면 아마 저쪽으로 도주했을 것이었다. 한번 확인해 볼 필요가 있었다.

"어어, 어디 가? 위험해, 가지 말어."

모아는 최 씨의 염려에도 꿋꿋이 걸음을 옮겼다. 종잇장처럼 찢어진 패널 틈에 흰 털이 껴 있는 게 보였다. 그리 길지 않은 게 동물의 털 같기는 했지만 아무리 봐도 멧돼지의 털은 아니었다. 흰 털을 가진 멧돼지가 있을 리도 없거니와 모근이 푸른색을 띠는 경우는 더욱 들은 적 없었다.

　모아는 다시 한번 제 손등의 상처를 내려다봤다. 상처 주변에 번져 있는 푸른 자국과 이 정체 모를 털의 모근에 물든 푸른색이 비슷해 보이는 게, 확실히 기분 탓은 아니었다.

　그때 축사 바깥에서 기척이 들려왔다. 월녕산으로 이어지는 숲이었다. 범민석이 멧돼지를 쫓으러 간 곳과는 정반대 방향이었다. 바람에 나뭇잎이 부딪히는 소리인가 했지만, 아무래도 낌새가 이상했다. 모아는 신갈나무와 굴참나무가 빽빽이 우거진 월녕산을 잠시 바라보다, 이내 홀린 듯이 발을 내디뎠다.

　월녕산은 그리 높지 않았지만, 그래도 산은 산이었다. 납작한 스니커즈를 신고 산길을 오르는 게 쉬울 리가 없었다. 젖은 낙엽에 발이 미끄러질 뻔한 순간도 여러 번이었다.

　바스락.

　그렇게 산길을 헤매는 모아의 귀에 또다시 기척이 들려왔다. 소리를 따라 고개를 돌리자 멀지 않은 곳에 흰 털을 가진 짐승이 한 발을 살짝 들고 서 있는 것이 보였다.

　삵과 비슷했지만, 아무리 봐도 삵은 아니었다. 하얀 털과 푸르고 뾰족한 발톱, 그리고 머리 위에 염소처럼 작은 뿔 두 개가 솟은 삵이 있다는 말은 어디서도 들어보지 못했다. 네스 호의 괴물 같은 미확인 생명체를 다루는 미스터리 유튜브 채널에서라면 또 모를…….

거기까지 생각하던 모아의 눈썹이 들썩 올라갔다.

뭐지? 왠지 예전에도 이 비슷한 생각을 한 적이 있는 것 같은데? 이런 걸 데자뷔라고 하나?

"너 누구니?"

게다가 이렇게 묻는 것 또한 처음이 아닌 느낌이었다.

그때 녀석의 푸른 눈동자가 모아를 향했다. 모아는 여전히 한 발을 들고 서 있는 녀석을 살피며 슬그머니 뒤로 물러섰다. 저 녀석이 축사를 뒤엎은 놈이 맞다면 꽤 위험할 수도 있었다.

그러나 걱정과 달리 녀석은 몇 걸음도 채 떼지 못하고 픽 쓰러져 버렸다. 모아는 거리를 벌리려던 것도 잊고 발사된 새총처럼 휙 튀어 나갔다. 무릎을 굽혀 앉아 쓰러진 녀석을 살피자 그제야 앞발에 난 상처가 보였다. 서 있을 때는 전완을 앞으로 들어 올리고 있었던 탓에 미처 보지 못했던 상처였다. 굵은 줄이나 철사에 걸리기라도 했던 건지 수근골 바로 아래 살점이 너덜거릴 정도로 찢어져 있었다. 무엇보다 눈에 띄는 것은, 들린 살점 사이로 배어 나오는 피가 붉은색이 아닌 푸른색이라는 점이었다. 그것도 축사에서 본 흰 털의 모근과 아주 흡사한.

"……네가 걔구나."

역시 멧돼지가 아닐 줄 알았다. 얼결에 범인을 잡은 모아였으나, 지금 중요한 건 그게 아니었다. 녀석의 다리에 난 상처가 꽤 깊었다. 제가 다 아픈 것처럼 끙 앓는 소리를 내던 모아는 조심스레 손을 뻗어 녀석의 머리를 매만졌다. 아파서인지 아니면 원래 순한 건지, 녀석은 모아의 손길에도 큰 공격 반응 없이 가만히 숨을 고르고만 있었다. 이럴 줄 알았으면 진료 가방을 들고 나오는 거였는데. 일단 데리고 가서 치료부터 할까? 그런 생각을 한 모아가 다친 녀석을 안아 들려던 그 순간이었다.

"안 돼!"

수풀 사이에서 웬 더벅머리 남자가 우다다 뛰어나왔다. 놀란 모아는 비명을 지르며 뒷걸음질 쳤다. 그사이 남자가 바닥에 쓰러진 동물을 잽싸게 안아 들었다.

"누, 훗, 누구세요?"

혹시 저 녀석의 주인인가. 그렇다면 다행이겠지만, 왠지 남자의 행색이 영 의심스러웠다. 다듬지 않은 더벅머리며 누더기 같은 옷이며, 꼭 산에서 며칠은 보내다 나온 사람 같았달까.

순간 모아는 와이어 덫에 걸린 듯했던 녀석의 상처를 떠올렸다. 시골 야산이 그러하듯 월녕산에도 야생동물을 불법 포획하려는 밀렵꾼들이 자주 나타나곤 했다. 물론 모아의 어린 시절 얘기였지만, 요즘이라고 없으리란 보장도 없었다.

"저기요. 으, 걔 주인 아니죠?"

남자는 대답이 없었다. 대신 모아의 상처 난 손등을 빤히 보며 괜찮아졌구나, 하고 혼잣말처럼 중얼거린 게 다였다. 모아는 그 말뜻을 다시 묻고 싶었으나 갑자기 발밑이 들썩거리는 바람에 미처 입을 떼지 못했다. 곧 땅속에서 무언가 불쑥 고개를 내밀었다.

"뭐, 뭐야."

그건 두더지였다. 빳빳하고 바스락거리는 비늘털을 가진, 모아가 한 번도 본 적 없는 모습의 두더지.

"모아야!"

그때 산 아래에서 모아를 찾는 범민석의 목소리가 들렸다. 펄쩍 뛰어오른 두더지가 다시 땅속으로 모습을 감췄다. 동시에 남자는 반대쪽 길로 달아나기 시작했다.

"어어, 야! 너 거기, 으, 거기 서!"

남자를 뒤쫓은 건 거의 본능이었다. 다친 동물을 안고 냅다 튀는 게 아무리 봐도 밀렵꾼 같았고, 모아는 말 못 하는 동물을 괴롭히고 팔아먹는 놈들을 특히 참아 주지 못했다.

"야 이 자식아! 너 거기 안 서?!"

한낮의 추격전이었다. 남자는 빨랐고, 맨발로 잘도 흙길을 달렸다. 처음부터 맨발이었는지 중간에 신이 벗겨진 건지, 하여간 품 안에 배낭만 한 동물을 안고도 꽤 빠른 속도였다.

그렇지만 달리기라면 권모아도 어디 가서 뒤처지는 편은 아니었다. 학교 다닐 때도 언제나 순위권으로 결승선을 통과했다. 비록 10여 년 전의 일이긴 하지만.

넌 잡히면 뒤졌어, 이 밀렵꾼 자식아.

목구멍에서 쇠 맛이 올라오는 와중에도 이를 악물고 끈질기게 남자를 쫓던 모아는 어느 순간 익숙하게 느껴지는 풍경에 주변을 돌아봤다. 남자가 달아나는 방향이 왜인지 권모아의 집 쪽이라는 생각이 들어서였다.

에이, 설마 아니겠지.

부정하기가 무섭게 몇십 미터를 앞서가던 남자가 권모아의 집 마당으로 뛰어 들어가는 게 보였다.

순간 오만 가지 생각이 다 들었다. 밀렵꾼이 아니라 도둑이었나? 아니면 강도? 주거 침입자? 스토커?

머릿속이 복잡한 와중에 모아의 다리는 더욱 빠르게 움직였다. 뒤이어 모아도 마당에 들어섰다. 분명 꼭 닫아 두고 갔던 문이 활짝 열려 있었다.

일단 신고부터 할까.

모처럼 이성적인 생각을 떠올린 모아가 버릇처럼 주머니를 뒤적이다가 멈칫했다. 핸드폰을 가방에 넣어 뒀던 게 떠올라서였다. 불행히도 가방은 최씨 아저씨네 축사 어딘가에 나뒹굴고 있을 터였다.

한숨을 내쉬듯 거친 숨을 고른 모아의 눈에 버려진 걸레 자루가 들어왔다. 문밖에 멍청히 서 있기보단 무기라도 쥐고 있는 게 안전하지 않을까. 아니, 뭘 해도 안전하진 않겠지만 마음의 안정이라도 되겠지. 그렇게 생각한 모아가 걸레 자루를 집어 올렸을 때였다. 집 안에서 덜컹거리는 소리가 들려왔다. 자루를 쥔 손이 절로 머리 위로 치솟았다.

"이야아아아!"

모아는 자루를 휘두르며 집 안으로 뛰어 들어갔다. 그런데 손에 쥔 자루가 민망하게도, 집 안엔 아무도 없었다. 가구도 없이 휑한 거실과 방엔 숨을 데가 없었고, 창문은 굳게 닫혀 있었다. 그럼에도 남자의 모습은 보이지 않았다. 이상한 일이었다. 분명 조금 전까지만 해도 소리가 났는데.

"뭐야, 어디 갔……."

그때 싱크대 위에 달린 찬장이 눈에 띄었다. 기분 탓인지 문이 조금 들썩였던 것도 같고.

아까 그 남자가 저 좁은 찬장에 몸을 구기고 숨었을 가능성이 얼마나 될까.

잠깐 봐도 모아보다 훨씬 키가 큰 남자였다. 그런 덩치로 찬장에 숨어 들기란 사자가 뻐꾸기 둥지에 몸을 숨기는 것과 비슷할 터였다. 그런데도 왜인지 확인을 해 봐야겠다는 생각이 강하게 치솟았다.

모아는 한 손으로 걸레 자루를 꽉 고쳐 쥐었다. 다른 손으로는 찬장 문손잡이를 붙들고, 속으로 숫자를 셌다.

하나. 둘.

"셋."

모아가 힘주어 문을 당김과 동시에 찬장 안쪽에 매달리듯 붙어 있던 무언가가 쑥 딸려 나왔다.

"어어……!"

찬장에서 떨어진 남자가 모아를 덮쳤다. 미처 피할 겨를이 없던 모아는 남자의 무게를 이기지 못해 뒤로 넘어졌다.

바닥에 뒤통수를 찧기 직전이었다. 커다란 손이 모아의 뒷머리를 감싸는 게 느껴졌다. 뒤이어 쿵, 하고 몸이 뉘어졌다.

딱딱한 듯 쿠션 같은 손바닥을 경유한 덕인지 통증은 미미했다. 충격보단 모아의 위에 몸을 겹치고 있는 남자의 얼굴이 너무 가까워서 더 놀랐다. 새카만 눈동자가 혼란스럽다는 듯 흔들리는 것이 지나치게 가까이 보였다.

근데 이 눈을 어디서 봤더라. 모아가 문득 기시감을 느꼈을 때였다.

"어, 어떻게 문을……."

남자가 입을 열자 불어오는 숨결에서 묘한 풀꽃 향기가 났다. 모아는 그제야 정신이 번쩍 들었다. 한갓지게 딴생각을 하고 있을 때가 아니었다.

모아가 남자의 다리 사이를 뻑 찼다.

"윽!"

앞으로 고꾸라지듯 넘어지는 남자의 어깨를 그대로 밀치고 벌떡 몸을 일으켰다. 그리고 아직 손에 쥐고 있던 걸레 자루로 남자의 머리통을 후려갈기려던 참이었다. 남자가 튀어나왔던 찬장 안쪽에서 소리가 났다. 모아는 아직 문이 열려 있는 찬장을 바라봤다. 찬장 안쪽 벽이 수면처럼 일렁거리고 있었다.

"저게 뭐……."

마치 물 위로 떠오르듯이 무언가 벽을 통과해 나오는 게 보였다. 그리고 마침내 찬장 아래로 뛰어내린 것은, 아까 숲에서 보았던 비늘털의 두더지였다.

모아는 너무 놀라 입만 뻐끔거렸다. 하지만 그보다 더 놀랄 일이 남아 있었다.

「또 이 인간이야?」

잘못 들은 게 아니라면, 모아를 올려다보고 있는 두더지의 입에서 말이 흘러나오고 있었다.

「그러게 짙은숲안개로 더 푹 재웠어야 했는데.」

비록 말의 내용은 잘 이해가 안 됐지만, 두더지는 분명 모아가 알아들을 수 있는 언어를 구사하고 있었다. 모아는 자신의 볼을 꽉 꼬집었다. 볼이 떨어져 나갈 듯이 아팠다.

"미친."

눈을 뜬 채로 기절할 수 있을 것만 같았다.

"분명 문을 닫았는데……."

그때 또 다른 목소리가 튀어나왔다. 모아에게 걷어차인 부위가 아직 아픈지 신음 같은 숨을 뱉으며 몸을 일으킨 남자였다. 그는 바로 옆에 말하는 두더지를 두고도 오히려 권모아를 더 신기하다는 듯 바라보고 있었다.

「그게 무슨 소리야? 네가 문을 연 게 아니었어?」

모아는 여전히 그들의 대화를 이해할 수 없었지만, 단 한 가지는 확신할 수 있었다.

"내가 아니라 저 인간이 연 거야."

뭔가 잘못됐다는 것.

"……별다락의 문을."

그것도 아주 단단히 말이다.

고백데이

 짧은 여름방학이 반이나 지나갔다. 그나마도 보충수업이니 뭐니 해서 학교를 안 나온 날보다 나온 날이 많았고, 무더위도 여전했지만, 방학답지 않은 방학에도 학생들의 낭만은 존재했다. 이를테면 보충수업 끝나고 자습 시간에 영화 틀기, 동아리실에서 라면 먹기, 몰래 학교 밖에 나가 점심 먹고 오기 같은 것. 그중 세 번째 낭만을 실행하고 돌아오던 민재호는 교문을 넘자마자 보이는 광경에 걸음을 멈췄다.
 "쟤네 뭐냐."
 민재호와 마찬가지로 밖에서 끼니를 해결하고 들어온 듯한 남학생들의 손에 뭐가 하나씩 들려 있었다. 머리통만 한 사탕알을 든 녀석, 외모에 어울리지 않는 핑크색 곰 인형을 든 녀석, 이 뜨거운 햇볕 아래 다 녹아 버릴 듯한 초콜릿 바구니를 들고 가는 녀석까지.

"오늘 뭔 날인가?"

중얼대는 민재호의 옆에서 윤승준이 아이스크림을 베어 물었다.

"아, 오늘 그거라더라. 고백데이."

밸런타인데이, 화이트데이는 알아도 고백데이는 처음 들어 보는 민재호였다. 그런 데이가 있었어? 묻는 민재호에게 윤승준도 잘은 모르겠다는 듯 어깨를 으쓱였다.

"오늘 고백하면 빼빼로데이가 100일이라던데."

"뭐야, 그래서 지금 다들 고백하러 가고 있다고?"

"아마도?"

아무리 그래도 방학의 낭만에 너무 취해 있는 거 아닌가. 민재호는 자신의 앞에서 잔뜩 상기된 얼굴로 걷고 있는 녀석들의 면면을 보며 비웃음을 한껏 머금었다. 솔직히 저 중에서 오늘 고백에 성공해 커플이 될 녀석들이 몇이나 될까 싶은 인물들이었다.

"대체 뭔 자신감으로?"

빼빼로데이고 나발이고 고백을 받아 줘야 100일도 있는 것 아닌가. 오늘 까이거나 그 안에 헤어지면 100일은 오지도 않을 텐데. 민재호가 혀를 차며 말하자 윤승준이 남자는 자신감이지, 하고 시답잖은 소리를 했다. 민재호는 그런 걸 근자감이라고 불렀다. 근거 없는 자신감.

"이번 달에 까이면 다음 달에 또 고백하는 거지. 다음 달에 고백하면 크리스마스가 100일일 거라던데. 그게 9월 며칠이었더라."

좋아하는 애도 없는 윤승준이 왜 그런 쓸데없는 정보에 빠삭한지 모르겠다. 민재호는 윤승준의 말에 관심 없다는 듯 고개를 돌렸다.

"아무튼 그날은 너도 고백 한번 해 보든가."

윤승준이 질질 녹아 흐르기 시작하는 아이스크림을 한입에 넣으며 말했다.

"너 김은별 좋아하잖아. 무려 3년 짝사랑."

"아이씨!"

민재호의 손날이 윤승준의 목울대를 탁 쳤다. 아이스크림을 미처 삼키지 못했던 윤승준이 시뻘겋게 달아오른 얼굴로 컥컥거렸다. 죽을 뻔했다고 욕을 쏴대는 걸 한 귀로 흘리며 민재호는 걸음을 빨리했다.

"야, 너 그러다 졸업할 때까지도 고백 못 한다!"

"닥쳐, 새끼야."

"어후, 답답한 새끼. 짝사랑도 병이다, 병."

민재호의 기나긴 짝사랑 역사를 모두 아는 윤승준이 고개를 절레절레 저었다. 윤승준의 말이 짜증스러운 민재호였지만, 짝사랑이 병이라는 말에는 심장 언저리가 조금 시큰거렸다. 가끔은 자신도 불치병에 걸린 게 아닐까 싶을 때가 있었으니까. 약도 없는 병, 뭘 해도 떨쳐낼 수가 없으니 그저 품고 사는 수밖에 없었다. 지겹고 지겹다.

내리쬐는 햇빛 때문인지, 운동장에서 올라오는 열기 때문인지, 그것도 아니면 설레는 고백을 안고 가는 사내 녀석들의 부담스러운 자신감 때문인지, 재호는 속이 메슥거리는 기분이었다.

그때 민재호의 머리 위로 웬 새가 날아갔다. 철새처럼 커다란 날개를 펼친 새 그림자가 운동장을 가로질렀다. 민재호는 유난히 맑은 하늘을 가르는 새를 보며 생각했다. 저 남자애들의 머리 위로 새똥이나 떨어지게 해 달라고.

* * *

감나무 앞에 트럭을 세운 최 씨가 보조석에 있던 보따리를 들었다. 노란 보자기 안에서 달그락거리며 병이 부딪히는 소리가 났다. 최 씨는 그것이 포대기 속 아기라도 되는 듯 조심스레 품에 안고 운전석 밖으로 몸을 뺐다.

"모아야, 안에 있냐?"

최 씨가 서성이며 들어선 곳은 모아의 집 마당이었다. 그날 권모아가 축사를 망가뜨린 멧돼지를 잡겠다고 소리를 지르며 월녕산을 뛰어다녔다는 얘기는 이미 온 마을에 퍼진 사실이었다. 결과적으로 멧돼지는 잡히지 않았지만, 어쨌든 자신을 위해 애를 써 줬다는데 가만히 있을 수는 없는 노릇이었다. 쓰러진 소를 보기 위해 가장 먼저 달려와 준 사람이 권모아이기도 했고. 고맙단 인사라도 하려고 찾아온 것인데, 어째 집 안에서 대답이 없었다. 문을 두드려 봐도 마찬가지였다.

"어디 나갔나?"

가는 날이 장날이라고, 시간을 잘못 맞춰 왔나 싶은 때였다. 안에서 쿵쿵거리는 발소리가 들리더니 이내 문이 벌컥 열렸다. 뭘 하고 있었던 건지 가쁜 숨을 몰아쉬는 모아가 모습을 드러냈다.

"아, 안녕하세요. 무슨, 흠, 일이세요?"

"아니, 별건 아니고. 혹시 뭐 바쁜데 내가 방해했나?"

최 씨의 시선이 은근슬쩍 모아의 어깨 너머로 향했다. 여태 짐 정리를 다 못 한 것인지 거실이 휑한 것 같기도 하고.

그런 최 씨의 시선을 의식한 듯 모아는 아예 문을 닫고 밖으로 나와 섰다.

"그냥 청소 좀, 으, 하고 있었어요. 왜, 훗, 그러시는데요?"

"아, 다른 게 아니라 이것 좀 주려고."

최 씨는 그제야 품에 안고 있던 보따리를 내밀었다. 얼결에 받아 든 모아가 살짝 벌어진 보자기 사이를 들여다봤다. 투명한 유리병에 하얀 우유가 담겨 있었다.

"그거 우리 암소한테서 짠 거여. 없어서 못 먹는 거다, 아주."

얼마 전에 송아지를 낳은 소한테서 아주 어렵게 짜서 직접 살균까지 다 한 우유였다. 보통은 송아지 먹일 젖도 부족해서 손주가 와도 안 주는데, 최 씨가 아주 큰마음을 먹었다. 정작 그 말을 들은 모아는 뭔가 애매한 표정을 짓고 있었지만.

"저 유당불내증 있, 으, 있는데."

"유당, 뭐? 또 뭔 병이 있어?"

띡인지 삑인지 그거 말고도 또 무슨 병이 있다는 걸까. 최 씨는 모아가 참 까탈스러운 체질을 가지고 있다고 생각했다.

"……아네요. 잘 마실게요."

"그려, 귀한 거니까 남기지 말고 다 마셔."

"축사 소들은, 흠, 괜찮아요?"

"어, 신기할 정도로 멀쩡해."

쓰러져 꼼짝도 안 하던 소들은 하루가 지나자 거짓말처럼 멀쩡하게 일어났다. 무슨 일이 있었냐는 듯 여물을 먹는 소들의 모습에 최 씨만 기가 막혔다.

모아가 가고 축사에 방문했던 수의사는 소들이 갑자기 쓰러졌던 이유도, 갑자기 일어난 이유도 찾지 못했다. 검사를 해 보겠다며 피를 뽑아 가기는 했는데 일주일이 다 지난 지금까지 깜깜무소식이었다. 귀신이 곡할 노릇이다 싶었지만, 어쨌거나 최 씨는 소들이 무사한 것으로 족했다.

"저번엔 내가 정신이 없어서 인사도 제대로 못 한 것 같은데, 그때는 정말 고마웠어. 그러고 보면 모아 네가 어릴 때도 참 착했다니께."

"제가요?"

금시초문인 얘기에 모아가 두 눈을 껌뻑거렸다. 어릴 때 자신을 놀리던 남자아이의 코피를 터뜨리고, 버벅이라고 부르던 할머니한테 대들어 뒷목을 잡게 한 전적이 있는 권모아였다. 착한 아이라는 말을 들어 본 기억은 없었다. 그나마 지금이 사람 된 편이었지.

"뭐, 착한 편…… 아니었나?"

뒤늦게 그때의 권모아가 희미하게 기억난 최 씨가 멋쩍게 턱을 긁적이더니 다급히 대화를 마무리했다. 전할 말도 전했고 줄 것도 다 줬으니 이제 가 볼 참이었다.

"아무튼 잘 마시고, 나한테 뭐 부탁할 거 있으면 언제든 얘기하고!"

그렇게 말하며 트럭으로 향하는데 뒤에서 들려오는 대답이 없었다. 고개를 돌리자 방금까지 문 앞에 서 있던 모아가 보이지 않았다. 벌써 안으로 들어가 버린 듯했다. 최 씨는 허, 하고 헛숨을 터뜨렸다. 어릴 때도 그랬지만 여전히 살가운 구석은 없는 애였다.

"……그래도 애는 착혀."

최 씨는 중얼대며 운전석에 올랐다.

"아, 깜짝아."

문을 닫고 돌아선 모아의 앞으로 흰뿔바람이 불쑥 다가왔다. 반짝이는 파란 눈이 모아를 올려다보고 있었다. 또 언제 그곳에서 나온 걸까. 짧은 한숨을 내쉰 모아가 그 앞에 풀썩 주저앉았다.

"너 자꾸 이렇게, 음, 불쑥불쑥 튀어나올 거야?"

잔소리를 하든 말든, 흰뿔바람은 모아가 안고 있는 우유병에만 관심을 보이며 콧구멍을 벌름거렸다. 고소한 냄새라도 나는 걸까. 금방이라도 주둥이를 들이밀 것 같은 모습에 모아는 재빨리 냉장고에 우유를 집어넣었다. 돌아서자 흰뿔바람의 귀가 축 처져 있었다.

　"안 돼, 넌 이거 못 먹어."

　사실 먹을 수 있는지 없는지 모르겠지만, 추측건대 후자의 확률이 높을 것 같았다. 어쨌든 이곳에 사는 녀석이 아니니까.

　"너 그렇게 겁도 없이 아, 무거나 주워 먹고 돌아다니니까, 으, 다치는 거잖아."

　그렇게 말하며 모아는 흰뿔바람의 앞다리를 살폈다. 얼마 전 산에서 봤던 상처는 다행히 거의 다 아물었다. 분명 꽤 깊은 상처였는데 지금은 거의 보이지도 않을 정도였으니 회복이 아주 빠른 편이었다. 어쩌면 빠른 회복력도 이 녀석의 특성일까.

　모아가 손을 뻗자 흰뿔바람이 자연스레 머리를 들이밀었다. 모아의 손바닥에 뿔을 비비며 눈을 감는 게 꼭 웃고 있는 것 같았다. 갸르릉, 하고 기분 좋은 소리가 났다. 이 모습만 보면 발톱 끝에서 사지를 마비시키는 독을 내뿜는 무시무

시한 녀석이란 게 믿기지 않았다.

"너는 여기 오면 안, 안 된다고. 그 남자가 또, 흣, 너 찾으러 올 거 아냐."

말은 타박처럼 하면서도 흰뿔바람의 털을 만져 주는 손길은 다정하기만 했다. 모아가 흰뿔바람을 처음 만났던 게 벌써 일주일 전이었다. 아니, 정확히는 일주일 하고도 하루 전의 일이라고 해야 하나.

흰뿔바람이 일으킨 소동으로 축사에 갔다가 집으로 돌아온 날, 모아는 자신을 문지기라고 소개한 남자와 말하는 비늘두더지에게서 도무지 믿기지 않는 말들을 들었다.

모든 말이 다 믿기지가 않아서 특별히 뭐가 더 믿기지 않는다고 꼽을 수도 없을 만큼 황당한 말들의 연속이었는데, 더 환장하겠는 건 그 말을 믿지 않을 수도 없다는 거였다. 그들이 다른 세계에서 왔다는 것이나 권모아의 손등에 난 것이 흰뿔바람의 발톱에 긁힌 상처라는 것, 그리고 그들이 이미 한차례 권모아의 기억을 지우고 잠재웠다는 것까지.

"그러니까, 흡, 우리가 만난 게 지금이 처음이 아니라 이거지?"

그렇잖아도 뭔가 이상하다 싶었던 일들이 그들의 말도

안 되는 말로 다 설명이 되고 있었다.

「그래, 우리가 짙은숲안개로 네 기억을 지워서 기억을 못 하는 거야. 인간들은 별다락과 우리의 존재를 기억해선 안 되거든. 별다락은 그런 존재들에게만 허락된 땅이니까.」

별다락. 비늘두더지는 자신이 사는 곳을 그렇게 불렀다.

"그 별다락이라는 게, 흐, 대체 뭔데?"

「우리가 선택한 땅. 그리고 인간들로부터 완전히 안전한 땅.」

비늘두더지는 자신을 포함하여 그곳에 사는 존재들은 인간에게서 잊히길 택한 존재들이라고 했다. 그래서 그들을 목격한 인간들의 기억은 별다락에 있는 숲의 안개 너머로 보내진다고. 그렇게 가라앉은 기억들이 모여 만들어진 것이 바로 짙은숲이라고도 했다.

물론 설명을 들어도 온전히 알아들을 수는 없었다. 비늘두더지 역시 권모아가 자신의 말을 알아듣든 말든 별로 신경 쓰지 않는 듯했고.

「그러니까 인간 너는 별다락의 문을 열어선 안 됐어. 아니, 열 수도 없어야 했다고. 그런데 대체 왜! 어떻게 저 문을 연 거야?!」

비늘두더지가 퉁퉁한 손을 휘적거리며 성을 냈다. 하지

만 모아도 이유를 알지 못하는 건 마찬가지였다. 다른 세계로 이어지는 문이 있다는 사실조차 몰랐던 모아에게 어떻게 문을 열 수 있었냐는 질문 자체가 어불성설이었다.

결국 그날의 대화로는 아무런 소득도 얻지 못했다. 그들도 모아도 각자 생각할 시간이 필요했다.

모아는 여전히 벽 하나를 사이에 두고 다른 세계의 이웃이 생겼다는 게 믿기지 않았지만, 모아의 앞에서 태연히 앞발을 할짝이고 있는 흰뿔바람을 보고도 계속 현실을 부정할 수는 없었다.

어떤 식으로든 해결 방법을 찾아야 한다. 마음을 먹은 모아는 벌떡 몸을 일으켰다. 살짝 물러나는 흰뿔바람을 지나쳐 부엌으로 향했다. 그리고 덕지덕지 테이프 자국이 남은 찬장 문에 대고 노크를 했다. 이런 건 살다 살다 처음이었다.

잠시 답을 기다리는데 어째 문 너머가 조용했다. 못 들었나 싶어서 이번엔 조금 더 큰 소리가 나게 문을 두드렸다. 이번에도 조용했다.

저쪽 세계의 문지기는 어떤지 모르겠지만, 권모아는 성격이 매우 급한 사람이었다. 세 번까진 기다려 주지 않는단 소리였다.

"이래도 안, 나와?"

모아가 찬장 문을 벌컥 열어젖혔다. 그러자 찬장 안쪽 벽 너머에서 문지기가 다급히 모습을 드러냈다. 커다란 몸뚱이를 찬장 사이에 끼운 채 모아를 내려다보고 있는 문지기는 꽤 곤란한 표정이었다.

"이, 이렇게 함부로 열면 큰일 나요."

"그럼 그쪽이, 음, 문단속을 잘해야 할 거 아냐. 문지기라며."

모아는 제 뒤쪽에서 억새풀 같은 꼬리를 살랑살랑 흔들고 있는 흰뿔바람을 가리키며 말했다.

"자꾸 이렇게 밖, 밖으로 나오게 할 거야?"

"제가 나가게 한 게 아니라 저 녀석이 멋대로 나가는 바람에……."

"그럼 빨리 다시 데리고, 흡, 들어가야 할 거 아냐."

"저번엔 허락 없이 나오지 말라고……."

"그거는!"

그런 말을 하긴 했었다. 이게 무슨 현관문도 아니고, 다른 세계와 이어지는 문이 닫히지도 않는다고 하니 영 불안한 마음이 들어서였다.

처음엔 저 문을 아예 틀어막거나 시멘트로 발라 버릴까

생각도 했었다. 하지만 문지기는 그런 방식으론 문을 막을 수 없다고 했다. 시멘트를 바르든 석고를 바르든 그 위로 다시 문이 생길 거라나. 물론 모아는 그 말을 선뜻 믿지 못했지만, 직접 테이프를 붙인 문 위로 다시 물너울 같은 통로가 생기는 장면을 목격한 뒤로는 믿지 않을 수도 없었다. 문지기 말대로라면 괜히 문을 잘못 손댔다간 찬장이 아니라 온 집 안이 별다락과 연결될지도 모를 일이었다.

결국 모아는 애써 붙였던 테이프를 떼어내는 대신 문지기에게 자신의 허락 없이는 이쪽으로 넘어오지 말라며 엄포를 놓았다. 약속을 어겼다간 별다락이고 뭐고 그쪽 일에 협조하지 않겠다던 모아의 말 때문이었는진 몰라도, 다행히 문지기는 그 말을 잘 들어 먹었다. 지나치게 잘, 이런 상황에서조차도 말이다.

지끈거리는 이마를 짚은 모아가 문지기를 향해 고개를 까딱였다.

"나와."

문지기는 모아의 허락이 떨어진 후에야 찬장 밖으로 뛰어내렸다. 그리고 모아의 곁을 맴도는 흰뿔바람을 조심히 안아 찬장 안으로 올려 보냈다.

모아는 그런 문지기의 행동을 빤히 바라봤다. 문지기는

뒤통수에 닿는 따가운 시선을 모르는 척하며 꿋꿋이 제 할 일을 했다. 그렇게 흰뿔바람을 먼저 별다락으로 돌려보낸 문지기가 다시 찬장 안으로 올라서려던 때였다.

"이리 와서 앉, 음, 앉아 봐."

싱크대 앞에 책상다리를 하고 앉은 모아가 제 앞을 가리켰다. 그리고 멀뚱하게 돌아보는 문지기를 향해 재차 말했다.

"얘기 좀 하게 앉아 보라고."

부엌 찬장 문을 꼭 닫은 문지기가 쭈뼛쭈뼛 걸음을 옮겼다. 오늘도 입은 건지 걸친 건지 분간이 안 가는 검은 상의에 지푸라기 같은 풀잎이 붙어 있는 게, 언뜻 들판에서 뛰놀다 온 라마를 보는 듯했다. 덥수룩한 머리에 긴 속눈썹까지 라마가 아주 딱이었다. 모아는 제 앞에 얌전히 무릎을 꿇고 앉는 라마를 바라봤다.

"같이 다니던, 흐, 그 두더지는 어디 갔어?"

"별다락에 사는 동물들이 바깥 세계에 자주 나오는 건 좀 위험해서요."

맞아, 그랬었지. 저 너머의 세계에 사는 존재들은 그곳에 있을 때 가장 안전하다고 했다. 함부로 밖에 나왔다간 흰뿔바람처럼 다치거나 사고를 당할 수도 있고, 이곳에 오래 머물렀을 때 어떤 부작용이 있을지 알 수 없다고도 했고. 몇 번이나 들어서 이미 머리에 들어온 정보였지만, 여전히 제대로 이해하기는 어려웠다.

"그래서, 문을 닫을 방법은 찾았어?"

원래라면 모아는 월녕 마을에서 조용히 힐링 타임을 가지며 앞으로 어떻게 살아갈지를 고민하고 있어야 했다. 그런데 그 모든 것이 망가졌다. 바로 눈앞의 남자가 달고 온 이상한 세계 때문이었다.

"아직 찾는 중이에요."

모아의 눈치를 살피는 문지기의 목소리가 작게 기어 들어갔다. 결국 아직 그 방법이라는 걸 찾지 못했단 소리였다. 그로부터 며칠이나 지난 지금까지 말이다.

"방법이라는 게 있긴 해? 찾을 순 있는 거야?"

"이런 경우는 저도 처음이라······."

어물거리는 문지기의 말은 이 사태를 해결할 방법이 없다는 뜻으로 들렸다. 그건 곧 모아의 평화로운 생활이 계속 방해 받게 될 거란 의미이기도 했고.

"그냥 그쪽이나 나나 흐, 아무도 문을 안 열고 그대로 두면 안 되는 거야? 문이고 뭐고 없, 없는 셈 치면 안 되는 거냐고."

대체 그 문이라는 게 뭐 얼마나 복잡하고 대단한 거길래 문단속 하나를 못 해서 이 난리인지, 여전히 알 수 없는 모아로서는 답답할 따름이었다. 그런 모아에게 이 상황을 어떻게 설명해야 할지 고민하며 이마를 긁적이던 문지기는 문득 벽에 붙어 있는 전단지를 바라봤다. 아주 오래돼서 빛이 다 바랜 중국집 전단지였다. 문지기는 그 전단지를 떼어 내 모아의 앞에 들어 보였다.

"봐요. 별다락이랑 바깥 세계…… 그러니까 당신의 세계는 애초에 이 종이 같은 거예요. 당신이 보고 있는 쪽이 당신의 세계라면 내가 보고 있는 쪽은 별다락이고요. 그래서 평소엔 서로의 존재조차 모르지만, 아주 가끔 두 세계 사이가 찢어져 틈이 생길 때가 있어요."

문지기가 종이 가운데 부분을 작게 도려냈다. 그러자 크지 않은 구멍이 생겼고 그 사이로 문지기의 손가락이 불쑥 튀어나왔다.

"그럼 이렇게 세계를 넘나들 수 있는 길이 생기겠죠. 이 길을 계속 열어두면 두 세계가 혼란해질 거예요. 그래서 나는 이 길에 문을 달고 잠그는 역할을 하는 거고요."

그렇게 뻥 뚫린 구멍 뒤에 다른 전단지를 덧대며 말하던 문지기가 뒤에 대고 있던 전단지를 다시 치웠다.

"그런데 지금은 그 문이 아예 잠기질 않고 있어요. 문을 닫아도 닫히질 않으니 자꾸 길을 잘못 드는 이탈자가 생기는 거고요. 계속 이대로 두면 아마 더 많은 이탈자가 생길 거예요."

대충 무슨 말인지는 이해했다. 그러니까 문이 있어도 없는 척, 보여도 안 보이는 척 외면하는 걸론 해결이 안 된다는 소리였다. 덕분에 모아의 속은 더 갑갑해졌다.

"그래서 어떻, 큼, 어떻게 하겠다는 거야? 난 계속 이렇게 싱크대 찬장도 못 열고 살아야 한, 한다고? 내 집에서 마음 편히 지내지도 못하고?"

멀쩡한 집이 졸지에 다른 세계를 잇는 통로가 됐다니. 모아의 입장에선 그야말로 날벼락이었다. 문지기가 문을 닫을 방법을 계속 찾아보고 있다고는 하지만 그 말도 믿을 수가 없었다. 며칠이 지난 지금까지 찾지 못했는데 앞으로 얼마나 더 기다려야 할까. 아무도 장담할 수 없었다.

대체 어쩌다 이런 일이 벌어진 걸까. 모아는 그저 어린 시절을 보냈던 시골집에서 조용히 머리나 식히고 싶었을 뿐인데, 머리를 식히긴커녕 오히려 이곳에 내려온 후 더 복잡해지기만 했다.

"정 그러면,"

뭔가 생각하는 듯하던 문지기가 조심스레 입을 뗐다. 지끈거리는 이마를 싸매고 있던 모아는 다시 고개를 올려 문지기를 바라봤다.

"다른 곳에서 지내는 건 어때요? 별다락은 이 마을과 이어져 있으니까 일단 상황이 해결될 때까지 다른 곳에서 지내면······."

지금 상황에서 생각할 수 있는 가장 현명한 방법이긴 했다. 문이라는 걸 당장 잠글 수 없다면 모아가 피해 있는 게 서로에게 가장 편할 테고.

"싫어."

하지만 모아의 대답은 단호한 거절이었다. 왜, 하고 물으려던 문지기의 말이 이어지는 모아의 말에 막혔다.

"내 집은 여기야. 흠, 내가 내 집 두고 왜 다른 곳에서 지내야 해?"

"그렇지만······."

"여기에서까지 쫓, 흐, 쫓겨나고 싶지 않아."

툭 튀어나온 말에 모아 자신조차 조금 놀랐다. 제 안에 이런 생각이 잠겨 있을 줄 미처 몰랐다. 면접에서 숱하게 떨어지던 순간들, 틱이 있는 수의사를 의심스럽게 바라보던 보호자들의 시선, 아무 잘못 없이 써야 했던 사직서. 그것들을 제법 의연하게 넘기고 있다고 생각했는데 그렇지만도 않았던 모양이었다.

"그럴 거면 여기로 오지도, 읏, 않았을 거라고."

어쩌면 이 집은 마지막 도피처였는지도 몰랐다. 여기서도 버티지 못한다면 모아는 이제 정말 어디로 가야 할지 알 수가 없었다. 막막했다.

"그럼 최대한 빨리 다른 방법을 찾아볼게요."

문지기는 모아의 대답을 생각보다 순순히 받아들였다. 설득하려는 기색조차 없는 게 조금 의아했다.

"그게 다, 다야?"

"뭐가요?"

"그쪽도 내가 여기 없는 게, 흐, 더 좋을 텐데, 그렇게 쉽게 포기하는 거냐고."

문지기가 문을 잠그지 못하고 있으니 그 역시 저쪽 세계에서 꽤 곤란한 상황에 빠져 있을 것이었다. 그런데도 고개만 끄덕이고 마는 걸 보면 생각보다 심각한 일은 아닌 건가 싶기도 하고.

"싫다면서요."

"내가 싫어, 흠, 싫어해서 다른 방법을 찾겠단 거야?"

"아뇨, 그냥…… 싫은 걸 하라고 하는 건 저도 싫으니까요."

모아는 문지기를 물끄러미 바라봤다. 다듬지 않은 머리

와 남루한 행색에 종종 알아듣지 못할 말을 웅얼대는, 눈이 예쁜 라마를 닮은 남자. 그의 정체가 조금 궁금해졌다.

"나 뭐 하나 물어봐도 돼?"

"질문은 아까부터 계속 하고 있었는데……."

"그쪽 세계는 인간들로부터, 흠, 안전한 곳이라고 했잖아. 그럼 그쪽은 뭐야? 인간이 아, 으, 아닌 거야?"

귀신? 요정? 요괴? 아니면 권모아의 머릿속에 개념조차 없는 또 다른 존재?

그리 어려운 질문은 아니었다고 생각하는데, 문지기는 왜인지 바로 답하지 못하고 머뭇거렸다. 괜한 걸 물어본 건가.

「문지기!」

마침 그때 찬장 문이 열렸다. 비늘두더지가 다급히 모습을 드러냈다.

「미로새가 밖으로 나갔대! 조금 전에 거꾸로나무 옆에서 사라지는 걸 왕눈나비가 봤다고 했……!」

비늘두더지의 말이 채 끝나기도 전에 몸을 일으킨 문지기가 빠르게 찬장 안으로 뛰어 올랐다. 문지기를 따라 몸을 돌리던 비늘두더지가 문득 고개를 돌려 모아를 바라봤다. 새카만 눈동자에 뭔가 못마땅한 기색이 비치는가 싶었으나, 상황이 급박한 탓인지 다른 말은 없었다.

곧 둘의 모습이 완전히 사라졌다. 모아는 닫힌 찬장 문을 보며 눈만 끔뻑거렸다. 방금 뭐가 밖으로 나갔다 그랬지? 무슨 나무 옆에서 사라졌다고 한 것 같은데, 그 세계에서 사라지는 것들은 다 문지기가 찾으러 다니는 건가. 참 바쁘기도 하겠다. 생각하던 모아는 이내 고개를 털며 일어났다.

"몰라. 남의 세계 사정 알 게 뭐야."

오늘은 할 일이 많았다. 그간의 사정으로 아직도 다 정리하지 못한 집을 치우고 필요한 물건들을 사러 나가야 했다. 머릿속으로 해야 할 일들을 떠올리며 모아는 닫힌 찬장 문에서 시선을 거뒀다.

※ ※ ※

뿌리가 위로 자란 거꾸로나무, 그 아래에 붉은색 깃털이 떨어져 있었다. 문지기는 손을 뻗어 그것을 주워 들었다. 미로새의 꽁지깃이 분명했다.

「이게 다 그 인간 집에 생긴 문 때문이야.」

문지기가 돌아서자 비늘두더지가 기다렸다는 듯 말을 이었다.

「그 문 때문에 다른 문을 지킬 시간이 없어서 자꾸 네가 보지 못한 이탈이 생기는 거라고. 차라리 그 인간을 다른 곳으로 내쫓는 건 어때? 어쨌든 문을 연 것도 그 인간이니까 기억을 지우고 다른 곳으로 보내 버리면…….」

"그건 안 돼."

「왜!」

그 여자가 싫다고 했어.

차마 그렇게 말할 수는 없었다. 문지기는 비늘두더지와 눈을 맞추지 못한 채 거꾸로나무 아래나 뒤적였다.

"그런다고 이미 열린 문이 닫힐 리가 없잖아. 또 다른 인간이 들어오기라도 하면 더 큰 문제가 생길 수도 있고."

「그렇다고 계속 이대로 있을 거야? 인간이 별다락의 문을 연 게 좀 큰일이냐고!」

그게 얼마나 큰일인지는 문지기가 가장 잘 알고 있었다. 바로 문지기가 별다락의 문을 연 첫 번째 인간이었기 때문에.

"정 안 되면 그때처럼 구름매한테 말하는 게……."

「미쳤어? 절대 안 돼!」

문지기의 옷자락을 빠르게 타고 오른 비늘두더지가 정신 차리라는 듯 길게 자란 머리카락을 잡아당겼다. 눈물이 쏙 빠지게 아팠다.

「그때랑은 상황이 다르다고. 잊었어? 네가 별다락에 있을 수 있는 건 구름매의 허락이 있었기 때문이야. 네가 문지기가 되는 조건으로. 그런데 구름매한테 이 상황을 들키면 네가 어떻게 될 것 같아?」

"아, 아아, 알았으니까 이것 좀 놔."

그제야 비늘두더지의 손에 힘이 풀렸다. 문지기는 손끝으로 지끈거리는 두피를 문질렀다. 아무래도 머리카락이 몇 가닥은 뽑힌 것 같았다. 여기 더 있다간 비늘두더지의 잔소리가 끝이지 않지 싶었다.

"일단은 미로새부터 찾아올게."

「나도 같이 가.」

"아냐. 너는 여기 남아서 그 문을 지켜야지."

별다락에 닫히지 않는 문이 생겼는데 그냥 비워 둘 순 없었다. 비늘두더지는 하는 수 없다는 듯 고개를 끄덕였다.

"다녀올게."

미로새의 꽁지깃을 옷 안에 챙긴 문지기가 발밑에 있는 거꾸로나무의 가지를 들췄다. 그리고 바람이 새어 나오는 땅 밑으로 쑤욱, 몸을 집어넣었다.

※ ※ ※

"내려놔."

시장이 끝나는 골목에 자리한 포목점 사장이 효자손으로 어깨를 탁탁 두드렸다. 얇은 체크 패턴의 천을 만지작대던 권모아가 슬그머니 손을 떼어냈다.

"아까는 분명, 흠, 만져 봐도 된다고 하셨는데······."

"커튼 달 거라며. 문 앞에 그런 걸 달면 안 되지."

20년 전통의 포목점을 운영하고 있는 사장의 단호한 만류에 모아는 그제야 아, 하고 고개를 끄덕였다.

"이건 커튼으로 안 다는 천인가 봐요?"

"다는데, 안 예쁘잖아."

"예?"

"거기 세 번째 거, 그건 좀 낫네."

확고한 취향을 가진 사장의 효자손이 가리킨 것은 도톰한 두께의 꽃무늬 패턴 원단이었다. 미색의 배경에 능소화를 닮은 꽃이 일정하게 그려진 게 권모아의 취향은 아니었다. 그러나 권모아의 취향은 고려할 게 못 된다는 듯 사장의 추천 의지는 확고했다. 천이 질기고 단단해서 튼튼하고, 빨래도 쉽고, 한번 사면 두고두고 오래 쓸 수 있다는 말이 영업

용 멘트로만 들리진 않았다.

모아가 정신을 차렸을 땐 이미 지갑에서 현금을 꺼내 건네고 나온 뒤였다. 하늘색 비닐봉지에 담긴 꽃무늬 천을 내려다보는데 어이가 없었다. 꼭 홀린 기분이었다. 이 포목점 사장님, 처음엔 장사 의지가 없는 줄 알았는데 이제 보니 아주 고단수인 게 분명했다.

"학교에 뭔 일 났나."

모아를 배웅하던 사장이 심드렁하게 중얼대는 소리에 모아의 고개가 돌아갔다. 사장의 시선이 닿아 있는 곳은 고등학교로 이어지는 언덕길이었다. 한 학년에 백 명도 채 되지 않는 작은 학교였는데, 그 조용한 학교 정문으로 경찰차가 들어서고 있었다.

손님인 모아를 상대하던 내내 별 의욕이 없어 보이던 사장님의 눈에 처음으로 흥미라는 게 돌았지만, 적극적으로 알아볼 생각은 없는지 여전히 효자손으로 어깨만 탁탁 두드렸다. 어차피 작은 동네라 진짜로 일이 났으면 오늘 밤이 지나기 전에 다 소문이 날 터였다.

모아도 그런 생각을 하며 돌아서려는데, 시야 안에 낯익은 인영이 들어왔다. 낡은 옷가지를 걸치고 긴 머리를 휘날리며 라마처럼 뛰고 있는 문지기였다. 아까 무슨 새를 찾으러 간다고 했던 것 같은데, 아직 찾지 못한 모양이었다. 주변을 살필 여력도 없이 정신없이 달리는 문지기가 경찰차가 들어간 학교 담벼락을 뛰어넘는 게 보였다.

집 나갔다는 새가 학교에 있는 걸까. 고등학생들은 방학 때도 학교에 있을 텐데 들키면 어떻게 되는 거지. 그 새라는 게 대체 뭐길래 문지기가 저렇게 급한 걸까.

이걸 직업병이라고 해야 할지 그냥 개인의 호기심이라고 해야 할지, 한동안 움직이지 못하던 모아의 두 다리가 다시 걸음을 옮기기 시작했다. 집으로 돌아가는 방향은 아니었다.

"무슨 일인지 잠깐 보고만 가지, 뭐."

정말 아주 잠깐만.

※ ※ ※

이게 웬 동물의 왕국이야.

모래 먼지가 휘날리는 운동장을 목격한 권모아의 감상이었다. 처음엔 애들끼리 패싸움이라도 난 줄 알았다. 그런데 자세히 보니 편을 나누어 싸운다고 하기엔 각각의 싸움이 너무 다른 장르로 펼쳐지고 있었다.

그러니까, 망가진 케이크를 끌어안고 네가 나한테 어떻게 그런 말을 할 수 있느냐며 울고 있는 남자애는 실연의 아픔이 담긴 멜로였고, 그 뒤에서 주먹질을 하며 바닥을 뒹굴고 있는 애들은 청소년 누아르의 한 장면이었다.

권모아가 정의의 사도는 아니었지만 우선 떼어 놓고 말리지 않으면 안 될 것 같은 광경이었다.

"야, 너희 왜 이래! 진정 좀, 윽……!"

이름도 모르는 애들을 말리려 다가가는데 문득 지독한 악취가 코를 찔렀다. 모아는 반사적으로 코를 틀어막으며 냄새의 근원지를 찾아 두리번거렸다.

싸움을 벌이고 있는 애들의 머리통과 어깨에 묻어 있는 하얀 점액질이 보였다. 운동장 바닥에도 여기저기 떨어져 있음은 물론, 눈에 보이는 대부분의 아이들이 그 정체불명의 하얀 것을 묻히고 있었다.

저게 대체 뭐지?

모아는 모래 바닥 위에 쪼그리고 앉아 제 앞에 떨어진 것을 유심히 내려다봤다. 얼룩처럼 번져 묘한 악취를 풍기고, 웬 덩어리도 섞여 있는 그것의 형태가 왜인지 아주 낯익었다. 야외에 오랫동안 주차되어 있던 차의 보닛이나 공원 벤치에서 자주 목격되곤 하는, 우리에게 아주 친숙한.

"새똥?"

색깔이며 점도며, 분명 그것이었다. 냄새는 일반적인 새똥에 비해 훨씬 지독했지만, 의심의 여지는 없었다. 문지기가 찾고 있는 동물이 마침 새였고, 이 학교 여기저기 새똥이 투척되어 있고, 그 똥을 뒤집어쓴 학생들이 이상 행동을 보이고 있다는 게 우연은 아닐 터였다.

모아는 고개를 들어 학교 건물을 바라봤다. 뭔가를 찾는 듯 유심히 움직이던 시선이 2층 창문 쪽에서 멈췄다. 머리칼을 휘날리며 뛰고 있는 문지기를 발견한 탓이었다. 어차피 나와는 상관없는 일이라는 생각을 할 겨를도 없이, 모아는 빠르게 건물 안으로 뛰어 들어갔다.

학교 안쪽도 바깥 상황과 크게 다르진 않았다. 창문이 열린 창틀엔 새똥이 말라붙어 있었고, 머리에 새똥을 맞은 아이들은 뭔가 맹하게 풀린 눈으로 혼잣말을 중얼대거나 누군가를 붙잡고 열띤 언쟁을 벌이고 있기도 했다.

대체 무슨 일이 벌어지고 있는 건지.

모아는 문지기를 찾기 위해 2층 계단을 올랐다. 그때 아래에서 익숙한 목소리가 들려왔다.

"사람 몸통만 한 새가 들어왔다고요?"

모아의 고개가 계단 난간 아래를 슬쩍 내다봤다. 선생님으로 보이는 중년 남자와 계단을 오르는 범민석이 보였다. 아까 모아가 본 경찰차에 타고 있었던 게 바로 범민석이었나 보다.

"혹시 독수리였습니까?"

"아뇨, 독수리는 아니고, 생긴 건 꼭 하얀 참새같이 생겼어요. 근데 크기는 독수리보다 더 크더라니까요. 애들도 다 놀라 가지고……."

점점 가까워지는 대화 소리에 모아는 달아나듯 계단을 올랐다. 범민석을 마주쳐서 좋을 게 없었다. 왜 여기 있느냐고 묻기라도 하면 둘러댈 말이 없었다. 이 학교에 다른 세계에서 온 새가 있는 것 같아서 와 봤다고 말할 수는 없는 노릇이었다.

모아가 난간을 붙잡고 3층 계단까지 뛰어 오르려던 순간이었다. 모아는 위에서 내려오던 문지기와 정면으로 마주쳤다. 모아를 발견하고도 미처 속도를 줄이지 못한 문지기의 눈이 굴러떨어질 듯 커졌다.

"어어……!"

충돌을 피하려 몸을 틀던 문지기가 중심을 잃고 허우적거렸다. 그대로 두면 계단 아래로 굴러떨어질 게 분명했다.

순발력 있게 허공을 가른 모아의 손이 문지기의 팔을 붙들었다. 그리고 무게를 실으며 뒤로 넘어졌다.

꼬리뼈가 쪼개지는 듯한 통증과 함께 문지기의 무게가 모아의 위로 실렸다. 그런 와중에도 계단을 올라오고 있는 범민석의 발소리가 가까워지고 있었다. 이런 모습을 보였다간 권모아가 이곳에 있는 이유를 해명하기가 더 어려워질 것이다.

"이, 일어나……!"

모아는 곧장 문지기를 끌고 일어나 눈앞에 보이는 문을 열고 들어갔다. 들어오고 보니 하필 남자 화장실이었는데, 다행히 사람은 없는 듯했다. 아무도 들어오지 못하게 출입문을 잠근 모아는 그제야 문지기를 돌아봤다.

"여긴 왜 왔어요?"

"그쪽은 여기, 오, 왜 왔어?"

"저는 미로새를 쫓아서 왔죠. 혹시 저 따라온 거예요?"

"누가, 흠, 누굴 따라와?"

문지기가 학교로 들어가는 걸 보고 와 본 것이니 영 틀린 말은 아니었지만, 따라왔다는 표현은 맘에 들지 않았다. 모아는 학교에 무슨 일이 있는 것 같아서 확인하러 왔을 뿐이라고 답했다. 문지기가 여전히 의아한 표정을 지었던 걸 보면 적절한 해명은 아니었던 것 같다.

"학교가 대체 왜, 훗, 왜 이래? 그 미로새라는 새 때문에 이러는 거야?"

"네. 이럴 것 같아서 최대한 빨리 온 건데도……."

"대체 그 새가 뭐길래, 음, 이 난리가 난 건데?"

그 새가 사람을 포악하게 만드나? 아니면 지나치게 감정적으로 변하게 한다거나, 그것도 아니면 어딘가 나사가 빠진 것처럼 만들어 버린다거나. 그런 말을 예상했던 모아에게 문지기는 뜻밖의 대답을 내놓았다.

"미로새의 똥을 맞으면 감추고 있던 진심을 말하게 되거든요."

똥을 맞으면 진심을 고백하게 된다.

고작 그게 다였다. 숨겨 왔던 진심들이 학교 전체를 이렇게 어지럽게 만들다니. 황당한 말이었지만, 한편으론 이해가 되기도 했다. 꺼내지 않고 감추어 둔 진심처럼 시한폭탄 같은 게 또 있을까. 진심을 전하는 일이 머릿속으로 상상할 때만큼 아름답지만은 않은 법이었다. 때론 어떤 진심은 마른하늘에 친 날벼락 같은 것이었다. 길 가다가 갑자기 맞은 새똥처럼.

덜컹.

아무도 없는 줄 알았던 화장실 칸막이 문이 덜컹거렸다. 모아가 놀라서 고개를 돌리는데, 문지기가 그런 모아의 손목을 끌어 자신의 뒤에 세웠다.

"위험해요."

미로새일까. 문지기는 경계 태세를 갖춘 채 문이 열리는 것을 주시했다.

그러나 문 뒤에서 모습을 드러낸 건 안에서 볼일을 보고 있던 남자애, 민재호였다. 다행히 평범한 사람이었지만, 모아의 손목에 감긴 문지기의 손은 여전히 풀리지 않았다. 결국 먼저 손을 뿌리친 모아가 어정쩡하게 서 있는 민재호를 향해 말했다.

"까, 깜짝아, 너 안에 있으면 있다고 얘기를 해야 할 거, 웃, 아니야."

방귀 뀐 놈이 성낸다고, 누가 봐도 학교 남자 화장실에 들어와 수상한 대화를 나누고 있는 외부인 쪽이 사과할 일이었지만, 당당한 모아의 기세에 눌린 건지 민재호는 저도 모르게 고개를 꾸벅였다. 왠지 그래야 할 것 같아서 죄송합니다, 라고 말까지 했으나 사실 뭐가 죄송한 건지는 본인도 잘 몰랐다.

"근데 누, 누구세요?"

"알 거 없어."

매정하게 말한 모아는 자리를 피하듯 몸을 돌렸다. 잠갔던 화장실 문을 열고 나가는 모아의 뒤로 문지기가 졸졸 따라붙었다. 그런 문지기를 힐긋 돌아본 코아가 작은 목소리로 물었다.

"근데, 흡, 쟤 기억은 안 지워도 돼?"

"아, 그건 나중에 미로새 찾고 나서……."

혹시 안 들릴 거라 생각하고 저렇게 속닥거리는 걸까. 민재호는 이상한 대화를 나누며 화장실을 나가는 두 사람을 어이없게 바라봤다. 아무래도 미친 사람들 같았다.

조금 전 화장실 칸 안에서 들었던 대화도 황당했다. 무슨 새똥을 맞으면 진심을 말하게 된다느니. 민재호는 말도 안 된다고 생각하면서도, 한편으로는 아까 운동장에서 보았던 괴상한 새를 떠올렸다. 새가 똥 좀 싸고 돌아다닌다고 갑자기 난리가 난 학교가 유난스럽다 싶었는데, 혹시 저 사람들의 말이 사실은 아닐까 하는 생각도 들고.

물론 그 말을 정말로 다 믿는 건 아니었지만, 확인은 해 볼 수 있는 거 아닌가. 어차피 보충수업은 끝났고 때아닌 난리에 자습 시간도 흐지부지됐으니, 딘재호에겐 시간이 아주 많았다.

"……강당으로 들어갔던 것 같은데."

민재호는 아까 바깥을 내다보다가 발견한 새의 마지막 행적을 떠올리며, 화장실을 나섰다.

"근데요."

모아가 학교 뒤뜰에 심어진 회양목 사이를 살필 때였다. 모아와 조금 떨어진 곳에서 미로새의 흔적을 찾던 문지기가 넌지시 말을 건넸다.

"왜 같이 찾아 주는 거예요?"

"왜, 싫어? 훗, 급한 것 같아서 따라와 줬더니, 뭐, 음, 그냥 갈까?"

"아뇨, 그게 아니라……."

문지기는 모아가 함께 미로새를 찾겠다고 나서 줘서 고마운 것과 별개로 궁금한 게 있는 모양이었다. 잔디 사이를 헤집던 그가 슬그머니 고개를 올렸다.

"저 싫어하는 줄 알았는데."

"……뭘 또 내가 싫어하기까지 했다고."

상황이 꼬였다는 생각에 문지기에게 좀 호전적으로 굴기는 했지만, 막상 당사자에게 자신을 싫어하는 줄 알았다는 말을 들으니 기분이 좀 묘했다.

"나 그렇게 사람 함부로 시, 흠, 싫어하는 사람 아냐."

물론 피하고 싶을 때는 많다. 그래서 수의사가 된 것이기도 했지만, 그렇다고 권모아가 마냥 사람을 싫어하는 것은 아니었다. 월녕 마을에 다시 내려온 것도 사람이 싫어서가 아니었다. 오히려 싫어하지 않기 위함이었지.

"어쨌든 우리 집에 생긴 그, 므, 문 때문에 이런 일이 벌어진 거라며. 그런데 내가 가만히 있기는 좀, 웃, 그렇잖아."

"하지만 미로새는 다른 문에서 나왔는데요. 그건 제가 그 문을 잘 못 지켜서 그렇고."

"그래, 알아. 내 탓 아니고, 으, 그쪽 탓이 더 큰 거 아는데, 그래도 좀 책임을 느낀다고, 내가."

아예 안 봤다면 모를까, 보고도 모른 척하기는 힘들었다. 권모아의 성격이 원래 그렇게 생겨 먹은 탓이었다. 덕분에 안 그래도 피곤한 삶이 한참 더 피곤해지고 있는 기분이었지만, 그 역시 어쩔 수 없는 일이었다.

"어쨌든 빨리 그 미로새인지 뭔지를 찾아야, 음, 그쪽이 우리 집에 생긴 그 문 닫을 방법도, 츳, 찾아 줄 거 아냐."

그러니 이게 다 권모아가 편안한 일상을 되찾기 위한 과정인 셈이다.

모아는 한층 더 꼼꼼히 주변을 살폈다. 여기저기에서 미로새의 똥을 발견하긴 했지만, 갓 생산한 따끈따끈한 흔적은 발견되지 않았다. 그렇다는 말은 지금은 미로새의 폭주도 소강상태에 이르러 어딘가에 숨어 있다는 뜻인데.

말라붙은 새똥을 따라 쪼그려 걷던 모아가 강당 창문 아래에 멈췄을 때였다.

"으악!"

분명 강당 안에서 들려온 비명이었다. 문지기도 그 소리를 들었는지 곧장 강당 창문을 열고 안으로 뛰어 들어갔다. 그 뒤를 따라 창틀에 다리를 걸친 모아가 끙끙대며 몸을 밀어 올렸을 때였다. 모아는 아까 화장실에서 만났던 민재호가 미로새에게 머리통을 쪼이며 달아나는 모습을 목격했다.

"도, 도와주세요! 으아악!"

저 애는 왜 또 여기 있는 건지. 모아는 의아했지만, 지금은 미로새의 큰 부리에 찍힌 이마에서 피가 나고 있는 민재호를 도와주는 게 먼저였다.

모아는 손목에 걸려 있던 비닐봉지 안에서 꽃무늬 천을 꺼냈다. 커튼으로 달려고 넉넉하게 끊어 온 원단을 이런 식으로 쓰게 될 줄은 몰랐다.

"이거 잡아!"

모아가 커다란 천을 펼치자 문지기가 재빨리 그 끝을 잡았다. 이미 모아가 뭘 하려는 건지 이해한 듯했다. 모아는 긴 원단을 바닥에 완전히 내려놓고 끄트머리를 꽉 틀어잡았다.

"이쪽으로 와!"

겁에 질려 정신없이 뛰던 민재호가 바닥에 쪼그려 앉아 있는 모아와 문지기를 향해 뛰었다. 그리고 그들 사이를 지나치는 순간, 모아와 문지기는 바닥에 붙이고 있던 원단을 확 들어 올렸다.

그물처럼 펼쳐진 원단이 미로새를 가로막았다. 힘이 넘치는 미로새를 감당하지 못한 모아의 발이 뒤로 밀렸다. 그걸 본 문지기는 순식간에 한 바퀴를 돌며 미로새를 싸매더니, 모아를 지탱하듯 등 뒤에 가슴팍을 붙이고 섰다.

"고개 돌려요."

그 말과 함께 모아의 얼굴 옆으로 문지기의 팔이 뻗어 나왔다. 그의 손에는 주홍색의 작은 열매가 들려 있었다. 모아는 그게 무엇인지 물을 정신도 없이 문지기의 말대로 고개를 돌렸다. 그러자 문지기의 도톰한 입술이 코앞에 다가와 있는 게 보였다. 벌어진 입술 새로 흘러나온 숨결은 모아의 머리칼을 흩뜨리며 관자놀이를 간질였다. 상황의 급박함에도 눈언저리가 뜨끈해지는 기분이었다.

그때 문지기가 천 안쪽으로 손을 집어넣더니 들고 있던

열매를 톡, 터뜨렸다. 물 풍선이 터지는 듯한 소리와 함께 몸부림치던 미로새의 움직임이 잠잠해지기 시작했다.

문지기는 미로새가 완전히 멈춘 후에야 모아를 감싸안듯 뻗고 있던 팔을 내렸다. 모아의 심장이 방금 터져 버린 그 열매처럼 팡팡 뛰었다. 너무 놀란 탓이겠거니 했다.

"괜찮아요?"

걱정스레 묻는 문지기에게 고개만 끄덕인 모아가 바닥에 넘어져 있는 민재호를 돌아봤다. 여전히 정신이 없는지 벌벌 떨고 있는 녀석의 이마에선 아직 피가 나고 있었다. 머리가 다치진 않았나 싶어 빠르게 상처 부위를 살피자, 다행히 피부만 조금 찢어진 정도인 듯했다. 그제야 한숨을 돌리는 모아의 곁으로 문지기가 다가왔다.

"큰일 날 뻔했어. 미로새가 다른 존재를 먼저 공격하는 일은 거의 없는데."

민재호를 내려다보는 문지기의 눈이 모아의 안위를 살피던 때와는 사뭇 달랐다. 유순하던 눈매가 조금 날카롭게 느껴졌달까. 문지기의 눈치를 살피던 민재호는 머뭇머뭇 입을 열었다.

"그냥…… 아까 그 말이 진짜인지 궁금해서……."

호기심이 화근이었다. 화장실에서 두 사람의 대화를 들

었던 민재호는 사람의 진심을 고백하게 만든다는 신비로운 새똥의 진위를 확인하고 싶었던 거다. 그래서 새를 마지막으로 보았던 강당에 직접 찾아와 걸레 자루까지 들고 쫓아다녔단다. 그놈의 새똥을 좀 맞고 싶어서.

"왜 똥을, 흐, 못 맞아서 안달이야?"

이해가 안 간다는 듯 묻는 모아의 말에 돌아오는 대답은 더 가관이었다.

"고백하려고……."

그러니까, 오랫동안 좋아한 여자애한테 고백은 하고 싶은데 용기는 안 나니까 새똥의 힘이라도 빌리려고 했다는 말이었다. 모아는 기가 찼다. 이걸 괜히 도와줬나 싶기도 했고.

"고백할 용기가 없으면 하, 하지를 마. 네 마음이 여물지 못해서, 으, 고백할 용기도 못 낸 거면서 짜치게 새똥의 힘 같은 거 빌, 빌리지 말고."

민재호가 입꼬리를 내리며 울먹거렸다. 바닥에 쓰러진 미로새가 날개를 퍼덕이지만 않았더라면 모아의 잔소리가 더 이어졌을 것이다.

"일단 가요. 깨기 전에 돌려보내야 해요."

문지기가 미로새를 천에 감싼 그대로 안아 들었다.

잠시 뒤, 학교 전체에 짙은 안개가 내려앉았다. 모아는 안개가 닿지 않는 학교 옥상 난간에 다리를 걸치고 앉아 있었다. 그 아래로 정신을 잃고 누워 있는 학생들과 선생님들의 모습이 보였다.

　　짙은숲안개라는 게 이런 거구나. 얘기를 들은 적은 있지만, 이렇게 남에게 쓰이는 걸 보니까 기분이 묘했다. 저렇게 잠시 자고 일어나면 아무것도 기억하지 못하게 된다는 게 여전히 믿기지 않았고.

　　"어차피 이렇게 기억도 다 지울 거면, 흠, 그냥 그 똥을 맞아 보게 할 걸 그랬나. 고백이라도 해, 보라고."

　　모아는 운동장 가득 내려앉은 안개 사이로 순찰차에 기대어 쓰러진 범민석을 바라봤다. 왜인지 새똥의 힘을 빌려서라도 고백하고 싶었다는 민재호의 마음이 조금이나마 이해가 될 것 같기도 했다. 아주 조금.

　　"별 도움은 안 됐을 거예요."

　　빠르게 미로새를 돌려보내고 온 문지기가 모아의 옆자리에 앉으며 말했다.

　　"그렇게 고백한 진심은 빈 껍데기 같은 거라 아무런 힘도 없거든요. 진심을 단단하게 만드는 건 그 마음을 고백하기 위해 쏟아부은 용기인데, 그런 건 미로새의 똥을 맞는다고 생기지 않으니까요."

"그런가."

가만히 눈을 끔뻑거리던 모아는 아직 새똥으로 뒤덮인 학교를 돌아보며 혀를 찼다.

"그나저나 저걸 언제 다 치우냐. 홋, 저대로 둬도 되는 거야?"

"미로새 똥은 반나절이면 다 말라서 효과가 떨어지니까 더 위험한 일은 없을 거예요. 청소는 좀 힘들겠지만. 아, 맞다."

문지기가 옷자락 안쪽에서 곱게 접은 꽃무늬 천을 꺼내 내밀었다.

"이거요. 좀 더러워지긴 했는데, 아까 도와줘서 고마웠어요."

모아는 커튼으로 달아 보기도 전에 여기저기 먼지가 묻은 천을 내려다봤다.

"으, 다시 봐도 내 취향은 아니다."

그래도 어디 하나 찢어진 곳은 없었다. 포목점 사장의 말대로 보기완 달리 정말 단단하고 질긴 천인 듯했다. 문지기와 그 손에 들린 것을 번갈아 보던 모아는 이내 천을 건네받으며 중얼거렸다.

"그래도 나, 나쁘지는 않네."

그림자 찾기

 -이번 정류장은 월녕 마을 입구입니다. 다음 정류장은…….

 버스 안내 방송이 채 끝나기도 전에, 강은주는 다급히 하차 벨을 눌렀다. 창 쪽으로 고개를 쭉 빼며 남은 거리를 확인하는 표정에선 초조함이 감춰지지 않았다. 손에 들린 핸드폰 화면을 켜자 현재 시각이 떠올랐다. 2시 32분. 평소보다 한 시간가량 늦은 하교 시간이었다.

 이게 다 그놈의 교내 환경 미화 활동 때문이었다. 방학 중에 뜬금없이 웬 환경 미화냐 하면, 그럴 만한 사연이 있긴 했다.

 엊그제 학교가 새똥으로 뒤덮이는 사건이 있었다. 반나절 만에 벌어진 일이었다. 그날 보충수업이 끝나자마자 하교했던 강은주는 다음날 등교와 동시에 똥밭이 된 학교를 목격하고 대체 이게 무슨 일인가 했다.

자율 학습을 한다고 학교에 남아 있던 애들의 증언은 제각각이었다. 철새 떼가 지나가며 똥을 쌌다느니, 비둘기 떼가 학교를 덮쳤다느니, 누가 새똥으로 테러를 한 거라느니.

뭐든 믿기 힘든 말이었으나, 중요한 건 그게 아니었다. 때 아닌 새똥 테러에 난감해진 선생님들은 학생들의 원활한 수업 진행을 위해 긴급히 교내 환경 미화 활동을 진행하기로 했다. 학교 곳곳에 말라붙은 새똥을 치우는 게 목적이었다. 학생들의 참여는 당연히 자발적으로 이루어졌으나, 일부 비자발적인 학생들에겐 강제성이 따랐다. 강은주가 그중 한 명이었다.

"저 엄마 때문에 일찍 가 봐야 한다니까요."

담임에게선 선생님이 어머님께 전화해 줄 테니 걱정 말라는 대답이 돌아왔다. 평소 자율 학습도 참여하지 않는 강은주가 농땡이를 피우려 핑계를 대고 있다고 생각하는 담임과는 말이 통하질 않았다. 결국 강은주는 맡은 구역의 새똥 흔적을 모두 치워야만 했고, 그게 평소보다 한 시간이나 늦게 버스에서 내리게 된 이유였다.

취익, 하고 공기 빠지는 소리와 함께 버스 문이 닫혔다. 은주는 다시 출발하는 버스를 뒤로하고 몸을 돌렸다. 흘러내리는 가방끈을 어깨 위로 들추어 올리며 걸음을 떼려던 그때였다. 건너편 정류장 표지판 아래 낯익은 얼굴이 보였다.

"……엄마?"

중얼대는 은주의 어깨에서 가방끈이 스르르 미끄러졌다. 엄마는 그런 은주를 보며 빙긋이 웃고 있었다.

* * *

월녕 마을에서의 평화로운 일상은 확실히 물 건너갔다는 것을, 모아는 요 며칠 아주 절실히 느끼고 있었다.

열려 버린 차원의 문 때문은 아니었다. 오히려 그쪽은 그나마 잠잠해진 편이었다. 피곤하게 방문객이 많이 드나드는 쪽은 현실의 문, 그러니까 모아네 집 현관문이었다.

모아가 최 씨의 축사에서 소를 봐주었던 일이 소문이 난 게 원인이었다. 소문이라는 게 으레 그렇듯이, 다 죽어 가는 소를 벌떡 일으켜 세웠다느니, 멧돼지를 맨손으로 때려잡았다느니 하는 허황된 과장이 섞인 채였다.

뭐 거기까진 괜찮은데, 동물 병원 가기가 까다로운 마을 사람들이, 키우는 동물이 조금만 이상하다 싶으면 모아를 찾아오기 시작했다는 게 문제였다.

　권모아가 지금 병원에 소속된 것도 아니고 병원을 차린 것도 아니라, 이런 식으로 진료를 봐주는 게 자칫 문제가 될 수도 있다는 말은 통하지 않았다. 이웃끼리 잠깐 봐주는 건데 뭐 그리 야박하게 구냐는 말만 들었다. 권모아가 진짜로 야박하게 굴 셈이었으면 문을 열어 주지도 않았겠지.

　차마 그렇게 야박하게 굴지도 못했던 건, 어쨌든 눈곱이 잔뜩 낀 어린 강아지나 잘 걷지도 못하는 노령견을 구루마에 태우고 온 사람들을 그냥 돌려보낼 수는 없던 탓이었다. 역시 안 봤다면 모를까, 보고도 모른 척하기는 힘든 권모아였다.

　그런 이유로, 오늘은 무려 왕진까지 나오게 된 것이다. 권모아도 이렇게까지 열심인 자신이 황당하지만, 개울에 빠져 허우적대는 새끼 고양이를 주워 왔는데 다 죽어 가고 있다는 전화를 받고는 도저히 안 와 볼 수가 없었다.

　모아는 제 손바닥 하나에 다 들어오는 작은 고양이를 내려놓았다.

　"체온이 너무 낮, 낮아요. 다행히 다른 이상은 없는 것 같, 흠, 같은데, 일단 체온 올리는 게 급하니까 따뜻한 물, 아, 계속 먹여 주세요."

"근디 뭘 좀 먹어야 하지 않나? 이래 삐쩍 말라 가지고……."

고양이를 내려다보던 할머니가 안쓰럽다는 듯 혀를 찼다. 그사이 방에서 꽃무늬 극세사 이불을 꺼내 온 어린 손주는 덜덜 떠는 고양이를 이불로 감쌌다. 이불을 도닥이는 손이 솜사탕을 만지듯 조심스러웠다.

"우선은 체온부터 올리고, 홋, 기운 좀 차리면 이거 먹여 보세요."

모아는 자신의 진료 가방에 들어 있던 습식 사료 캔을 건넸다. 생후 한 달 정도 된 듯하니 습식 캔 정도는 먹을 수 있을 것이다.

"내일 좀 괜찮아지면 병, 병원도 가 보시고요. 제가 보는 걸론 흐, 한계가 있으니까."

"그려, 알았어. 아이구, 병찬아. 고양이 그만 좀 들여다봐, 귀찮겄어."

할머니의 타박에 작은 손으로 더 작은 머리통을 쓰다듬던 아이가 입술을 비죽였다. 모아는 그런 아이에게 손을 뻗어 고양이를 똘똘 말아 안고 있는 자세를 조금 더 안정적으로 바꿔 주었다.

"아니야, 많이 들여다봐 줘. 동물도 자기 보살펴 주는 사람 마음은 다, 으, 다 알거든."

모아가 진료 가방을 메고 일어났다. 그런 모아를 따라 일어난 할머니는 현란한 패턴의 일 바지 주머니를 뒤적이더니 만 원짜리 한 장을 꺼냈다.

"이걸로 차비라도 혀."

모아는 질색을 하며 그 손을 밀어냈다.

"병원도 안 다니는 의사가 흠, 돈 받고 진료하면 잡혀간다니까요."

그 말에 할머니는 어이쿠, 하며 다시 돈을 가져갔다. 하지만 아무리 그래도 그냥 보내기는 좀 그랬는지, 현관을 나서는 권모아를 따라 나와 기어이 뭔가를 품 안에 안겨 주었다. 멜론만 한 참외 두 개였다.

"이건 돈 아니니까 괜찮제?"

안 괜찮다고 하면 또 다른 걸 들고 나올 기세였다. 하는 수 없이 가방을 열어 참외를 챙기려던 모아는 순간 무언가에 놀란 듯 동작을 멈췄다. 그러더니 참외는 넣지도 않고 황급히 가방을 닫아 버렸다. 가방 입구를 꽉 움켜쥔 모아를 보는 할머니의 얼굴에 의아함이 떠올랐다.

"왜 그려? 가방이 너무 작어? 봉다리에 담아 줄까?"

"아, 아니에요. 들어가세요, 할머니."

모아는 할머니가 안으로 들어간 걸 확인한 후에야 다시

가방을 열었다. 그리고 참외를 넣는 대신 가방 안쪽 주머니에 끼워져 있던 나뭇가지를 꺼냈다. 가지 끝에 달린 잎사귀의 잎맥을 따라 푸른빛이 선명히 감돌고 있었다.

"이게 왜……."

그 나뭇가지는 며칠 전 문지기에게 받은 것이었다.

'빛결나무에서 꺾어 온 가지예요. 별다락의 기운이 가까이에 있으면 빛이 날 거예요.'

그 말을 하며 건네주었던 가지였다.

'별다락에 사는 존재들 중엔 가끔 인간의 눈으론 볼 수 없는 녀석들도 있어요. 저번에 흰뿔바람한테 그랬던 것처럼 함부로 다가갔다간 위험할 수도 있고요. 빛결나무 잎이 빛나면 주변에 별다락의 기운을 가진 존재가 있다는 거니까, 그럴 때는 함부로 다가가지 말고 나한테 바로 알려 줘요.'

문지기의 말을 떠올리며, 모아는 푸른빛을 뿜는 가지를 꽉 쥐었다. 주변을 살펴도 특별히 눈에 띄는 것은 없었다. 이 세계에서 본 적 없는 낯선 동물도 보이지 않았다. 역시 권모아 혼자서 찾는 건 무리겠지.

가방을 어깨에 둘러멘 모아의 걸음이 빨라졌다. 빛결나무 가지의 잎사귀는 그 와중에도 영롱한 빛을 냈다.

수맥이라도 짚듯 한 손에 빛결나무 가지를 쳐들고 이리저리 움직이던 모아는 흡사 양치기 소년이 된 기분이었다.

"분명 이 근처였, 느, 는데."

기껏 문지기를 데리고 다시 같은 장소로 돌아왔건만 빛결나무가 잠잠했다. 문지기가 가까이 다가올 때마다 그에게 묻어 있는 별다락의 기운으로 희미한 빛을 내긴 했지만, 아까 보았던 것만큼 선명한 빛은 아니었다.

"그새 다른 데로 가, 가 버렸나?"

"멀리는 안 갔을 거예요. 별다락의 동물들은 호기심이 많지만 그만큼 겁도 많아서 멀리까지 이동하진 못하거든요."

문지기와 모아는 인근을 오랫동안 돌아다녔다. 어느새 해가 떨어진 거리에 가로등 불빛이 비쳤다.

얼마나 더 흘렀을까. 모아의 손에 들린 가지가 파르르 흔들리기 시작했다. 빛도 더 선명해졌다. 모아의 눈이 가지 끝이 가리키는 쪽을 향했다. 버스 한 대가 정류소에 멈춰 서는 게 보였다.

버스 문이 열리고 네 명의 사람이 내렸다. 손을 잡고 내리는 모녀, 커다란 백팩을 멘 남학생, 한 손에 장바구니와 분홍색 보자기 보따리를 든 할머니. 버스는 다시 떠나갔지만 모아의 손에 들린 빛결나무의 잎사귀는 여전히 푸른빛을 내고 있었다. 떠나간 버스 안이 아니라 지금 이곳에 별다락의 존재가 있다는 뜻이었다.

모아의 시선이 버스에서 내린 할머니의 손에 들린 보따리로 향했다. 보자기 안에서 무언가 요란스럽게 푸드덕거리고 있었다.

"저거 아냐?"

모아의 물음에 문지기는 고개를 갸웃거렸다. 확신이 없어 보이는 문지기의 모습에 모아는 자진하여 걸음을 옮겼다.

"하, 할머니."

할머니는 갑자기 말을 붙여 오는 낯선 아가씨를 의아하게 돌아봤다. 모아는 답지 않게 살가운 목소리로 커다란 참외를 내밀었다.

"이거 흠, 떨어뜨리셨어요."

"어잉? 내가?"

내가 참외를 샀던가? 기억에 없는 과일을 앞에 두고 고개를 갸웃거리던 할머니가 들고 있던 장바구니와 보따리를 내려놓았다. 그리고 장바구니 안을 뒤적였다. 늙으면 깜빡깜빡하는 일이 잦다고, 정말로 참외를 사 놓고 까먹었나 싶어서였다.

"안 샀던 것 같은디……."

"아, 여기 들, 들어 있었나 봐요."

모아는 그 틈을 놓치지 않고 분홍색 보자기를 열었다. 그런데 낯선 동물이 들어 있을 거라고 생각했던 보자기 안에는 뜻밖에도 선명하고 붉은 벼슬을 가진 씨암탉이 들어 있었다. 모아가 보자기를 들추자 놀란 씨암탉이 꺽꺽거리며 날갯짓을 해댔다.

"아이고, 이 아가씨가 왜 이랴! 남의 씨암탉 갖다 버릴 일 있나!"

할머니가 모아를 확 밀친 순간이었다. 어느새 다가온 문지기가 중심을 잃고 쓰러지려는 모아를 제 가슴팍으로 단단히 받아냈다. 그사이 보자기를 동여맨 할머니는 별꼴이라는 듯 씩씩거리며 걸음을 옮겼다. 장바구니에는 모아가 건넸던 참외까지 야무지게 챙겨 넣은 채였다.

"괜찮아요?"

문지기가 뒤로 기울어진 모아의 무게중심을 바로 세워 주며 말했다.

"저게 아닌 것 같아요."

"저게 아니면 므, 뭐야?"

버스에서 내린 것 중 수상한 건 그 보따리뿐이었는데. 그렇게 생각하던 모아는 문득 문지기의 시선이 한곳을 향하고 있음을 느꼈다. 그는 버스에서 내린 두 여자를 바라보고 있었다. 중년 여성과 고등학생쯤 되어 보이는 여자애였는데, 정겹게 손을 잡고 있는 모습이 평범한 모녀지간으로 보였다. 학생의 손에 꽃분홍색 쇼핑백이 들려 있는 걸 보니 읍내에서 쇼핑이라도 즐기고 돌아오는 길인 듯했다.

혹시 저 쇼핑백 안이 수상한 건가? 추측하는 모아의 팔꿈치를 슬쩍 잡아당긴 문지기가 중년 여성의 발밑을 가리켰다.

"그림자가 없어요."

문지기의 말대로 여성의 발밑엔 그림자가 없었다. 가로등 불빛이 내리비치는 거리엔 짧은 단발머리를 찰랑거리며 걷는 소녀의 그림자만 선명했다. 순간 모아의 팔에 소름이 오소소 일었다. 제 팔꿈치에 닿아 있던 문지기의 손을 붙들며 몸을 기댄 건 자신도 의식하지 못한 행동이었다.

"그, 그쪽 세계에도 귀신 같은 게, 흡, 있어?"

사람도 동물도 하물며 다른 세계의 존재도 무서워하지 않는 모아지만, 귀신이라면 사정이 달랐다.

"그림자구미예요."

"뭔 구미?"

꼭 젤리 같은 이름이었다.

"그림자에서 태어난 존재요. 인간이든 물건이든 뭐든지

흉내 낼 수 있는 녀석이라 유심히 보지 않으면 구분하기가 힘들어요. 아마 그래서 밖으로 나온 걸 몰랐나 봐요."

그러잖아도 한동안 비늘두더지와 함께 별다락 문 관리에 더 많은 신경을 쏟고 있었는데, 자기도 모르게 빠져나간 이탈자가 있다는 게 의아했던 문지기였다. 그림자구미라면 빨리 발견하고 알아차리지 못했던 것도 이해가 됐다.

"그럼 저게 귀신이 아, 아니라 저 애 엄마를 흉내 내는 무슨 구미라는 거야?"

그동안 별다락의 존재들에 꽤 익숙해졌다고 생각했던 모아지만, 사람을 똑 닮은 그림자구미의 존재는 새삼 신기할 수밖에 없었다.

"아무리 그래도, 흐, 저렇게 사람 같은데……."

"그러니까 더 빨리 데려와야죠."

사람을 똑 닮은 그림자구미는 그만큼 바깥 세계에 큰 혼란이 될 수 있었다. 문지기는 빠르게 모녀의 뒤를 쫓았다. 모아도 그 뒤를 따랐다.

그사이 모녀는 파란 대문 안쪽으로 사라졌다. 문지기와 모아가 담벼락 앞에 도착했을 때 그들은 이미 집 안으로 들어간 후였다. 담벼락 위로 고개를 빼는 문지기를 따라 불이 켜진 집 안을 가만히 보던 모아의 머릿속에 의구심이 스쳤다.

"근데 네 말대로라면 저 그림자구미라는 녀석이, 흐, 저 애 엄마의 모습을 흉내 내고 있다는 거잖아. 그럼, 큿, 저 애 진짜 엄마는 어디 있는데?"

라마를 닮은 눈이 속눈썹 휘날리게 깜빡거렸다. 어어, 하고 말을 늘이는 걸 보니 문지기도 미처 거기까진 생각하지 못한 듯했다. 모아는 집 안에서 희미하게 흘러나오는 웃음소리를 들으며, 어쩐지 섬뜩한 기분이 들었다.

"설마 그림자구미가 사람을 해치기도 해? 으, 왜 옛날이야기 같은 거 보면, 훗, 사람을 잡아먹고 그 사람으로 둔갑하는 요괴도 있잖……."

"아, 아니에요!"

문지기가 다급히 손사래를 쳤다.

"그림자구미가 잡기 까다로운 녀석이긴 해도 그런 녀석은 아니에요. 그냥 흉내 내는 걸 좋아할 뿐이지."

"그럼 쟤 진짜 엄마는 어디에 있냐고."

"그건 저도 잘 모르겠는데……."

모아는 아무래도 좀 이상하다 싶었지만, 지금 당장 알아낼 수 있는 방법도 없었다. 어쨌든 그림자구미라는 녀석이 흉내 낼 대상의 모습을 보고 따라 한다고 하니까, 녀석을 붙잡으면 진짜 엄마의 행방 또한 자연히 알 수 있을지도.

그러려면 일단 녀석을 잡긴 잡아야 한단 소린데, 금방이라도 그림자구미를 잡을 듯 빠르게 뒤를 밟았던 문지기는 왜인지 담벼락 앞을 서성이고만 있었다.

"왜 안 들어가?"

"지금 들어가면 저 애가 놀랄 것 같아서요."

뜻밖의 대답에 모아는 헛웃음을 터뜨렸다.

"나는 맨날 불쑥불쑥 잘만 놀래키면서?"

"……상황이 급할 땐 어쩔 수가 없어서."

"어차피 그 짙은숲안개 그거 쓸 거 아냐?"

"아무리 그래도 지금 그림자구미가 저 애 엄마 모습을 하고 있는데 데려가긴 좀 그렇잖아요. 기억을 지운다고 해도 그런 걸 보게 하는 건 좀……."

충분히 이해는 되는 말이었으나, 그 세계를 지키는 문지기의 입에서 나올 말 같지는 않다는 생각이 들었다. 모아는 웅얼대며 말끝을 흐리는 문지기의 옆얼굴을 물끄러미 바라봤다. 시선을 느낀 문지기가 눈치를 살피며 물었다.

"왜요?"

"저번에도 생각했던 건데, 흡, 문지기를 하기엔 너무 물러 터진 것 같, 같아."

"……."

"이쪽 세계 수문장이라는 사람들은, 으, 엄청 무섭고 얄짤이 없거든."

그 말에 문지기의 낯빛이 조금 어두워졌다.

"문지기에 안 어울린단 말은 비늘두더지한테도 종종 들어요."

"아니, 그런 의미로 한 말이 아니라."

모아는 대문 옆 담벼락에 철퍼덕 등을 기대어 앉으며 말했다.

"물러 터진 문지기 덕분에, 큼, 그쪽 세계는 좀 더 따뜻하겠단 말이야."

칭찬으로 한 말인데 문지기의 표정이 미묘했다. 괜한 말을 했나. 그런 생각이 들면서도 모아는 한번 터진 입을 막지 못했다.

"사실 나도 그런 말 자주 드, 들었어. 내 직업이랑 안 어울린단 말."

너는 말을 그렇게 해서 수의사는 안 될 거다, 말 못 하는 동물일수록 더 조심스럽게 다가가야 하는데 네가 걔들을 놀라게 하면 어쩌냐, 그 이상한 소리 좀 꾹 참을 수 없냐 등등등. 걱정과 염려를 가장한 악담이라기엔 진심 어린 우려가 느껴져서 차라리 대놓고 악담을 듣는 편이 낫겠다는 생각이 들곤 했던 말들.

물론 모아가 그런 말에 갇혀 산 건 아니었다. 수의사가 되지 못한다 해도 그 이유가 자신의 틱 때문일 거라곤 의심하지 않았고, 남들이 그어 놓은 한계도 신경 쓰지 않으며 살았다. 그럼에도 이따금씩 불쑥불쑥 떠오른 말들이 애써 지웠던 의심을 싹 틔우고 허물었던 한계를 일깨우는 것까진 어쩔 수가 없었다.

"그럴 때면, 읏, 우리 최정애 여사가 해 준 말로 이겨냈지. 아, 여기서 최정애 여사는, 흠, 우리 엄마."

그때까지 가만히 서서 듣고 있던 문지기가 모아의 옆에 슬그머니 자리를 잡고 앉았다. 넝쿨이 타고 오른 담벼락에 나란히 등을 기댄 두 사람의 머리 위로 노란 불빛이 깜빡, 깜빡 점멸했다.

"엄마가 그랬거든. 글씨를, 훗, 삐뚤빼뚤하게 쓰는 사람이 있는 것처럼 말을 삐, 으, 삐뚤빼뚤하게 하는 사람도 있는 거라고."

어릴 때 글씨를 참 잘 썼던 권모아는 연필만 잡으면 어딜 가나 명필가라고 칭찬을 들었다. 아직 학교도 안 들어간 애들은 연필을 바르게 쥐고 글을 쓰는 것만으로도 용하다는 소리를 듣는데, 권모아는 어린애치고 잘 쓰는 정도가 아니라 웬만한 성인보다도 훨씬 글을 반듯하게 썼다. 오죽하면 읍내 식당에서 메뉴판 좀 써 달라는 부탁을 받을 정도였으니까. 그때만 해도 모아 역시 글씨를 잘 쓴다는 칭찬을 좋아했었다.

그 칭찬이 마냥 달갑지 않아진 건 틱이 생긴 후부터였다. 모아에게 틱 증상이 나타나자 사람들은 더 이상 모아의 글씨를 보며 감탄만 하진 않았다. '글씨를 참 잘 쓰는구나' 하는 말 뒤론 늘 '그런데 말은 왜'라고, 차마 다 잇지 못한 말이 따라붙곤 했다.

돌이켜 생각해 보면, 권모아도 글씨를 잘 쓰는, 글씨'만' 잘 쓰는 자신을 미워하지 않게 되기까지 꽤 오랜 시간이 걸렸던 것 같다. 어쩌면 지금도 자기 자신을 미워하는 권모아가 아주 사라진 건 아닐 테지만, 그래도.

"우리 같은 사람도 있, 음, 있는 거야. 나는 삐뚤빼뚤 말하는, 흐, 수의사."

한 손으로 자신을 가리킨 모아가 반대쪽 손으로는 문지기의 어깨를 턱 짚었다.

"그쪽은 마음 여리고, 흡, 물러 터진 문지기."

문지기는 눈 한번 깜빡이지 않고 모아를 바라봤다. 긴 머리칼 사이로 드러난 눈동자가 꼭 포도 알 같았다. 길어지는 침묵에 멋쩍어진 모아가 그의 어깨에 올라가 있던 손을 슬그머니 떼어냈다.

"뭘 그렇게, 봐. 흠, 사람 민망하게."

"그게 아니라…… 잘 모르겠어서요."

"뭘?"

"저는 모아의 말이 삐뚤빼뚤하게 들린 적이 한 번도 없거든요."

그 말에 모아는 저도 모르게 코로 방귀를 뀌듯 웃어 버렸다. 마음만 물러 터진 줄 알았던 문지기가 빈말에도 소질이 있다고 생각했을 때였다.

"그냥 예쁜 목소리라고만 생각했는데."

말려 올라갔던 모아의 입꼬리가 어정쩡하게 굳었다. 동시에 귓바퀴가 뜨끈하고 간지러워졌다. 밤공기를 타고 날아온 홀씨 하나가 귀 주변을 간질이며 떠다니는 느낌에 모아는 괜스레 귓불을 만지작댔다.

"모아가 말하는 걸 들으면 꼭……."

제 머릿속의 느낌을 모아에게 전하기 위해 단어를 찾던 문지기가 아, 하고 말을 이었다.

"꼭 하늬고리의 노랫소리를 듣는 기분이에요."

하늬고리는 별다락의 서쪽 구름 너머에 사는 새라고 했

다. 사람에게 닮은 동물을 찾아 주는 건 권모아의 은밀한 취미이자 특기였는데, 막상 그 대상이 자신이 되자 기분이 조금 남달랐다.

"구름이 짙은 날엔 하늬고리의 노래도 커지는데, 그럴 때는 별다락의 모든 동물들이 서쪽 구름 아래로 모여들어요. 그 노래를 들으며 잠들기 위해서요. 하늬고리의 노래는 듣는 이의 마음을 편안하게 하거든요."

"……."

"모아의 말도 그래요. 듣고 있으면 편하고, 그냥 예뻐요."

무슨 저런 말을 얼굴색 하나 변하지 않고 하는 걸까. 마주친 시선이 너무 단단해서 거짓말을 하는 것처럼 보이진 않았고, 모아에게 잘 보이려 요령을 부린다기엔 너무 허술한 표정을 짓고 있었다. 속으로는 권모아의 틱을 불편해하면서도 겉으로는 아닌 척 애를 쓰는 사람들이 흔히 내비치던 어색한 흔들림은 보이지 않았다.

모아의 목덜미 아래가 펄떡펄떡 뛰어댔다. 모아의 목소리가 예쁘다는 문지기의 말이 자꾸 메아리처럼 귀를 맴돌았다. 익숙하게 느껴지기까지 했다. 꼭 언젠가 저 말을 들어본 적 있는 것처럼. 분명 그럴 리가 없을 텐데도.

떨어지지 않는 문지기의 시선이 불편해진 모아는 먼저

고개를 돌려 버렸다. 마른기침을 뱉으며 지금이 밤이라, 희미한 가로등 불빛이 전부라 다행이라고 여겼다.

"무슨, 뭔, 소리야, 흠! 그, 그리고 누가 함부로 내 이름 부르래?"

"아, 다들 보통 이름을 부르길래…… 부르면 안 돼요?"

모아는 연신 손 부채질을 했다. 해가 떨어진 지 한참인데도 아직 한낮의 열기가 가시지 않은 것 같았다. 힐긋 돌아본 문지기의 옷차림이 눈에 들어온 건 그래서였다.

"근데 그쪽은 옷이 그, 그것밖에 없어?"

처음 만난 날도 지금과 비슷한 차림이었던 걸로 기억한다. 거추장스러울 정도로 긴 상의와 치렁치렁한 소매, 반대로 조금 짧아 발목이 드러나는 긴 바지는 이 여름에 어울리는 패션은 아니었다. 더운 건 둘째치고 썩 편해 보이지도 않았다.

"머리도 그렇고, 안 불편해?"

"이상해요?"

"누가 이상하대? 안, 훗, 안 불편하냐고."

사실 이상한 것도 맞긴 한데.

옷자락을 꼼지락거리며 눈치를 살피는 문지기를 보자 차마 그 말이 나오진 않았다. 죄지은 것도 아닌데 무슨 눈치를 저렇게 보는지. 덩치는 커다란 문지기가 꼭 덜 자란 아이처럼 어리숙하게 구는 걸 볼 때마다, 모아는 그 모습에서 자꾸 익숙한 장면을 겹쳐 보게 됐다. 예를 들면 자신의 어린 시절 같은 것. 구겨지고 꼬깃꼬깃한 마음을 숨기려 바늘 같은 가시를 잔뜩 세우고 다니면서, 사실은 언제 바스러져도 이상하지 않던 그 시절. 그때의 권모아는 세상 사람들이 다 자신과 똑같아졌으면 좋겠다고 생각했었다.

"그리고 이상하면 뭐 엇, 어때. 이 세상엔 이상한 게 더, 으, 많아져야 돼."

그 생각은 지금도 유효했다. 모두가 나와 같아지길 바라는 건 아니었지만, 세상에 유별난 것들이 더 넘쳐나기를 바랐다. 더 희한하고 더 독특한 것들로 채워져서, 이상한 것이 이상하지 않고 이상하지 않은 것이 이상해지는, 그래서 모두가 이상하고 누구도 이상하지 않은 세상이 되면 사는 게 한결 편해질 것 같았다. 더는 내가 다른 사람과 얼마나 다르게 이상한지를 신경 쓰지 않아도 될 테니까.

권모아가 별다락이라는 세계를 쉽게 이해한 것 역시 그런 이유였는지도 모르겠다. 이상한 것들이 넘쳐나는 세계, 그래서 무엇도 이상하지 않은 세계는 사실 모아가 오랫동안 꿈꾸었던 세계이기도 했으니.

"그러니까 난 이상한 거 찬성."

그렇게 말하는 목소리가 조금 가라앉았던 이유는, 결국 그 세계가 모아의 세계는 아니었기 때문이다.

잠시 대화가 끊겼다. 얼마나 지났을까. 담벼락 너머에서 불이 꺼졌다. 동시에 고개를 든 모아와 문지기가 벌떡 몸을 일으켰다. 조금 전까지 불이 들어와 있던 집 안이 어둡고 잠잠했다.

"흠, 들어가 볼까?"

고개를 끄덕인 문지기가 먼저 담장 위로 올라 모아에게 손을 뻗었다. 그 손을 맞잡자 모아의 몸이 단숨에 쑥 끌어 올려졌다. 오르고 보니 담벼락 높이가 꽤 높아서 조금 놀랐다.

"뛸 수 있어요?"

"당연하지."

모아는 문지기와 손을 맞잡은 채 아래로 뛰어내렸다. 쿵. 발소리가 났으나 안에선 별다른 기척이 없었다.

둘은 천천히 집 외부를 돌았다. 현관문으로 들어갈 수는 없으니 다른 방법을 찾아야 했다. 그때 두 사람이 넘을 수 있을 만한 크기의 부엌 창문이 보였다. 문이 잠겨 있다는 게 문제였지만.

"잠깐만요."

문지기가 주머니에서 병 하나를 꺼냈다. 그 안에 들어 있던 초록색 액체를 창틀 사이에 붓자 유리만 빼고 쇠로 된 새시가 녹아내렸다.

  남의 집 창문을 이렇게 해 놔도 되나. 미안하긴 했지만 사과는 나중 일이었다. 모아는 걸쇠가 녹은 창문을 천천히 밀었다. 이번에도 먼저 안으로 들어선 문지기가 모아의 겨드랑이 사이에 팔을 끼워 안으로 들어오는 걸 도왔다.

  "흡."

  모아는 순간적으로 튀어나오려는 틱에 재빨리 한 손으로 입을 가렸다. 그래 봐야 딸꾹질처럼 튀는 소리를 아주 막을 수는 없었다. 모아는 그제야 차라리 밖에서 기다리는 게 나았겠단 후회가 들었다. 도둑질도 해 본 놈이 잘한다고, 남의 집에 몰래 들어온 적은 처음이라 자신이 침입에 걸맞지 않은 사람이라는 걸 미처 깨닫지 못했다. 그렇다고 이제 와서 다시 나가기엔 늦은 듯하고.

  이도 저도 못 한 채 머뭇거리고 있으려니, 입을 막지 않은 반대쪽 손가락 사이로 슬며시 얽혀 들어오는 체온이 느껴졌다. 고개를 돌리자 문지기가 그런 모아를 보며 고개를 끄덕거렸다. 무슨 의미인지도 모르겠고, 긴장으로 쿵쾅대던 심장도 더 요동을 쳤으나, 모아는 그 손을 뿌리치지 않았다.

두 사람은 손을 꼭 맞잡은 채 어둠 속으로 걸음을 옮겼다. 거실을 중심으로 닫힌 방문이 양쪽에 하나씩 있었다. 어느 쪽부터 확인해야 하지? 고민하던 그때, 모아의 발밑으로 시커먼 그림자 같은 것이 지나갔다.

"흐읍……!"

두 다리를 펄쩍거리며 뛴 모아가 빠르게 그림자의 뒤꽁무니를 가리켰다. 문지기의 시선이 모아가 가리키는 손끝을 향했다. 오른쪽 방문이었다.

"저기로 간 것 같아."

앞장선 문지기가 문손잡이를 향해 손을 뻗었다. 그 순간 안쪽에서 문이 벌컥 열렸다. 열린 문 뒤로 버스 정류장에서 보았던 소녀가 모습을 드러냈다. 갑자기 등장한 낯선 남자를 보고 파리하게 질려 버린 소녀의 얼굴에, 모아는 자신이 문을 열 걸 그랬다는 생각을 뒤늦게 했다.

"꺄악!"

"저기 지, 진정해!"

그제야 앞으로 나선 모아가 비명을 내지르는 소녀의 입을 막으며 해명했다. 우리는 강도가 아니고, 학생을 해칠 의도도 없으며, 그저 여기 있으면 안 되는 무언가만 찾아서 나갈 거라는 요지의 말이었다. 물론 소녀의 귀에 그 말이 제대로 들렸을 리는 없었다. 어차피 들렸어도 믿지 않았을 거고.

"흐아아!"

그때 방 안에서 아이 같은 울음소리가 울렸다. 그 소리에 소녀가 더욱 심하게 발버둥을 쳤다. 모아는 고개만 간신히 돌려 울음의 주인공을 바라봤다. 아까 소녀와 함께 있었던 그림자구미였다.

그런데 눈앞에 그림자구미를 둔 문지기가 얼른 잡을 생각은 않고 머뭇거리고만 있는 게 아닌가. 그 와중에 울음소리와 함께 점점 더 거세지는 10대 소녀의 힘을 권모아는 더 버티기가 힘들었다. 이럴 줄 알았으면 진작 운동 좀 할 걸 그랬다.

"뭐 해!"

멀뚱히 서 있는 문지기가 답답해서 소리치자, 돌아오는 대답이 황당했다.

"그림자구미가 아니에요."

"뭔 소리야, 저기 있, 웃, 있잖아!"

"아니에요, 이분은 평범한 인간이에요."

모아는 그제야 문지기가 손끝으로 가리키고 있는 이불 위를 바라봤다. 창문 밖에서 들어오는 희미한 달빛을 등진 그림자구미, 아니, 여성의 앞에 검은 그림자가 드리워져 있었다. 그걸 확인하는 순간 소녀의 입을 막고 있던 손바닥 안쪽이 콱 씹혔다.

"악!"

모아가 손을 감싸며 떨어져 나감과 동시에 소녀는 울고 있는 엄마에게로 뛰어갔다.

"엄마, 괜찮아, 나 여깄어! 응? 괜찮아, 나 봐봐!"

소녀는 아이처럼 우는 엄마의 어깨를 꼭 끌어안고 어린 동생 달래듯 도닥였다. 그 모습을 멍하니 바라보는 모아의 곁으로 문지기가 다가왔다.

"괜찮아요?"

물린 손바닥을 뒤집어 확인하려는 문지기의 손길을 가볍게 밀어낸 모아의 시선이 부둥켜안고 우는 모녀의 뒤쪽을 향했다. 살짝 열린 장롱 문, 그 틈새로 시커먼 그림자가 흘러내리고 있었다.

"저거……."

이번엔 문지기의 확인을 받지 않아도 그게 그림자구미라는 걸 알 수 있었다. 점점 더 짙은 어둠의 형태로 뭉치던 그림자구미는 이윽고 처음 봤을 때처럼 소녀의 엄마와 같은 모습으로 변했다. 그리고 아이처럼 겁에 질려 울고 있는 진짜 엄마를 품에 안은 소녀를 멀뚱히 바라보고 있었다. 울고 있는 엄마의 그림자가 된 것처럼, 그녀의 뒤에 서서 그저 가만히.

하지만 그 광경보다 더 기이했던 것은, 그런 그림자구미를 보고도 전혀 놀라지 않는 소녀의 모습이었다. 소녀는 오히려 걱정이 가득 담긴 눈으로 그림자구미를 올려다보았고, 그림자구미의 정체를 알아본 듯한 권모아와 문지기를 한껏 경계하고 있었다.

"너……."

소녀에게 다가가려던 모아의 발끝에 무언가가 툭 걸렸다. 버스정류장 앞에서 소녀의 손목에 걸려 있었던 꽃분홍색 쇼핑백이었다. 모아가 주춤거리는 사이, 그림자구미가 허공을 가르며 돌진했다. 시커먼 손이 모아의 코앞으로 들이닥쳤다. 미처 피할 생각조차 하지 못한 순간이었다. 문지기가 그림자구미의 몸통을 퍽 쳤다. 온몸으로 충돌한 탓에 그림자구미와 문지기가 함께 장롱 안으로 처박혔다. 다시 시커먼 그림자로 돌아간 그림자구미는 흐물흐물 흘러내렸고, 그림자구미처럼 유연한 뼈를 가지지 못한 문지기는 팔꿈치를 부여잡은 채 끙끙대고 있었다. 그런 문지기를 향해 다가가려던 모아는 별안간 앞이 막히고 말았다. 벌떡 일어나 그림자구미의 앞을 가리고 서는 소녀 때문이었다.

"당신들 뭐야! 누구냐고!"

소녀의 목소리가 떨리고 있었다. 그 목소리에 반응하듯 바닥을 기던 그림자구미가 다시 천천히 몸집을 부풀리기 시작했다. 금방이라도 모아를 향해 달려들 것만 같은 순간, 장롱 안에서 기어 나온 문지기가 시커먼 그림자 위로 기다란 덩굴줄기를 던졌다. 마치 호스에서 뿜어져 나온 투명한 물줄기 같은 덩굴이 손에 잡히지 않던 그림자구미의 발목을 묶었다. 커다란 몸뚱이가 뒤뚱 기우는가 싶더니 이내 방바닥 위로 쓰러졌다. 버둥거리는 그림자구미를 보며 몸을 일으킨 문지기가 손등 위로 감은 덩굴줄기를 단단히 붙들었다.

"우린 이제 돌아가야지."

"가, 간다고?"

문지기의 말을 들은 소녀의 눈동자가 지진을 일으켰다. 이내 발목이 묶인 채 일렁이는 그림자구미를 풀어 주려 애를 썼지만 손이 자꾸 미끄러지는 통에 쉽진 않아 보였다. 마음이 급한 만큼 손은 더 말을 듣지 않았고, 그럴수록 소녀의 목소리엔 점차 물기가 어려 푹푹 젖어 갔다.

"어딜 가냐고. 안 돼, 잠깐만! 아니, 데려가지 말라고!"

"쟤는 네 엄마가 아니야."

모아는 그림자구미를 붙잡느라 지친 문지기 대신 입을 열었다.

"아, 알아! 안다고요! 근데 쟤 착해요. 아무 짓도 안 했는데 왜 데려가는데!"

모아는 소녀의 양옆에서 연기처럼 피어오르는 그림자구미와 작게 웅크리고 앉아 떨고 있는 소녀의 엄마를 번갈아 보았다. 그때 그림자구미의 검은 몸통 안에서 천천히 손이 뻗어 나오더니 소녀의 머리를 쓰다듬었다. 꼭 정말로 소녀의 엄마가 되기라도 한 것처럼.

문지기는 그림자구미가 뭐든 흉내 낼 수 있다고 했었다. 그런데 그 '뭐든'에 저런 것도 포함될 줄은 몰랐다. 이를 테면 흉내 내는 사람의 마음 같은 것 말이다.

모아의 입술 새로 심란한 한숨이 흘러나왔다.

"그래도 쟤는 여기에 있으면 안, 안 돼. 돌아가지 않으면, 흐, 큰일이 날지도 몰라. 그렇게 됐으면 좋, 겠어?"

모아의 말에 올려다보는 소녀의 얼굴이 허옇게 질렸다.

"어떤…… 큰일이요? 설마 주, 죽어요?"

"어쩌면."

사실 권모아도 잘은 몰랐다. 별다락에 사는 녀석들이 바깥 세계에 나오면 안 된다고 알려주었던 건 문지기였으니까. 하지만 안 좋은 영향이 있을 거라는 건 확실했다. 어떤 동물이든 서식지 환경이 갑자기 변하면 생존에 부정적 영향을 미치기 마련이었다. 거기까진 생각해 보지 못했던 건지 그림자구미를 올려다보는 소녀의 얼굴에 당혹감이 떠올랐다.

"처음부터 엄마가 아닌 걸 알고도, 큼, 데리고 온 거야?"

소녀가 천천히 고개를 끄덕였다. 모아도 어느 정도는 예상하고 있었던 대답이라 그리 놀랍지는 않았다.

"왜?"

"……엄마 얼굴을 하고 웃는데 어떡해요, 그럼."

잡히지 않는 그림자구미를 더듬던 소녀의 손이 이내 진짜 엄마의 손을 찾아갔다. 단정히 손톱이 정리된 손이 기다렸다는 듯 소녀의 손을 움켜쥐었다. 소녀의 입에서 울컥, 울음 같은 말이 쏟아졌다.

"우리 엄마는 이제 웃는 법을 다 잊어버렸는데, 근데 날 보면서 웃는 엄마를 어떻게 혼자 두고 와요."

소녀의 눈에서 굵은 눈물방울이 뚝 떨어지기가 무섭게 소녀의 엄마가 손톱이 짧게 다듬어진 손끝으로 딸의 뺨을 훔쳤다. 덩달아 와앙 울음을 터뜨리면서. 코끝이 무거워지는 느낌에 모아는 훌쩍 숨을 들이켰다.

"잊어버리지 않으셨어."

그때 몸을 일으킨 문지기가 그림자구미를 묶은 덩굴을 단단히 손에 쥔 채 말했다.

"그림자구미는 흉내는 잘 내지만 스스로 꾸며내진 못해. 그림자구미가 웃었다면, 그건 자기가 흉내 낸 사람에게서 그 웃음을 봤다는 뜻이야. 그러니까, 잊지 않으신 거야."

모녀의 울음은 쉬이 멎지 않았다. 문지기가 옷자락 사이에서 짙은숲안개 주머니를 꺼낼 때까지도.

문지기가 먼저 그림자구미를 데리고 나가고 어느 정도 상황이 정리되었을 때, 모아는 범민석에게 전화를 걸었다. 모아가 아는 유일한 경찰이기도 했지만, 경찰이 아니었대도 이런 일에 한달음에 달려와 줄 사람이어서였다.

"고마워, 민석아."

"고맙긴. 넌 다친 데 없지?"

비번이었던 건지 사복 차림으로 달려온 범민석은, 근처 아는 사람의 집에 방문했다가 돌아가는 길에 누군가 이 집 창문을 깨고 들어가는 걸 봤다고, 걱정돼서 들어가 보니 집은 난장판이 돼 있고 모녀만 쓰러져 있더라는 모아의 말을 순순히 믿었다. 좋은 사람인 건 확실하지만, 경찰치곤 조금

순진한 구석이 있었다.

"이 동네가 CCTV가 많지 않은 동네라 참······. 그래도 일단 네가 말한 인상착의 위주로 찾아보긴 할게."

그 인상착의라는 것도 되는 대로 뱉은 것이니 범인을 찾을 수 있을 리가 없었다. 모아는 제 말만 믿고 이리저리 뛰어다닐 민석에겐 미안했지만 사실대로 말할 수도 없는 노릇이었다. 차라리 모르는 편이 민석의 정신 건강에 더 나을지도 몰랐다.

"수시로 순찰도 돌 테니까 너무 걱정 안 해도 될 거야."

그 말에 고개를 끄덕이며 집을 나서려던 모아가 문득 몸을 돌렸다. 가재가 망가진 집에서 여전히 겁에 질린 엄마를 꼭 안고 있는 소녀의 떨리는 손이 눈에 들어왔다. 도둑 얘기는 모아가 다 꾸며낸 것이고, 순찰도 강화해 준다고 하니 저 아이 역시 더는 무서워하지 않아도 될 일이었지만, 어쩐지 그냥 돌아설 수가 없었다. 집을 망가뜨린 책임도 있는 데다가, 아무래도 저 떨리는 손을 봐 버린 이상은 도저히.

"강은주라고 했지?"

제 이름을 듣고 천천히 고개를 드는 은주의 눈가가 발갰다. 모아는 잠시 머뭇거리다가 다시 입을 뗐다.

"무서우면 나랑 으, 같이 갈래?"

모아의 말에 민석이 조금 놀란 듯한 표정을 지었다. 이런 모아의 모습은 처음 본다는 듯이. 거기에 한술 더 떠 모아는 민석을 향해 아주 당당하고 뻔뻔스러운 요구를 했다.

"나 집에 좀 데려다주라. 쟤랑, 흠, 쟤 어머니랑 같이."

순찰차가 권모아의 집 앞에 섰다. 먼저 내린 모아가 민석과 함께 강은주의 어머니를 부축하고 집 안으로 들어섰고, 강은주는 그런 둘의 뒤를 조금 느리게 따라갔다. 아무래도 낯선 집으로 들어가는 발걸음이 가벼울 수는 없었다.

"흠, 좀 괜찮아?"

민석이 떠나고, 쭈뼛거리며 거실을 서성이는 강은주에게 모아가 물었다. 은주는 말없이 고개만 끄덕였다. 사실 아직 잠에서 덜 깬 기분이었다. 자는 사이 집에 도둑이 들었다는 것도 믿기지 않았지만, 분명 처음 보는 사람인데 자기 집에서 재워 주겠다며 자신과 엄마까지 데리고 온 모아를 대하는 것도 얼떨떨했다.

"아무것도 기억 안, 으, 안 나지?"

"네."

"다행이네."

"네?"

"원래 안 좋은 기억은, 익, 빨리 잊는 게 나으니까."

애초에 강은주가 자고 있던 사이 벌어진 일인데 기억을 잊고 말고 할 게 있나. 잘 이해는 안 갔지만, 은주는 이번에도 그러려니 고개를 끄덕였다.

"전 괜찮아요. 엄마가 많이 놀라서 그렇지."

작은 변화에도 예민한 은주의 엄마는 진정제를 먹은 후에야 곤히 잠에 들었다. 은주는 방으로 들어가 그런 엄마의 이불을 살뜰히 덮어 주었다.

"어머니랑 단, 음, 단둘이 산다고?"

"네."

모아의 말에 답하는 중에도 은주의 시선은 자는 엄마의 얼굴에서 떨어지질 않았다. 엄마의 뒤척임과 미세한 찌푸림 하나 놓치지 않으려는 듯이.

"힘들진 않고?"

"익숙해져서 괜찮아요."

"안 괜찮은 것 같은데."

이불을 쓸어내리던 은주의 손이 멈췄다. 고개를 돌리자 문틀에 어깨를 기대고 선 모아의 심드렁한 표정이 눈에 들어왔다.

"어머니를 모실 수 있는, 흠, 요양원도 있지 않아? 느, 넌

미성년자니까 지원 받을 수 있는 곳도 있을 거고."

그런 말이라면 이미 지겹게 많이 들어왔다. 학년이 바뀌고 지금의 담임에게 엄마가 아프다는 말을 하지 않았던 것도 그 지겨운 얘기를 더 듣고 싶지 않아서였다. 주변에서 아무리 말을 얹어 봐야 결국 엄마의 상태를 가장 잘 아는 건 강은주였다.

엄마는 은주의 중학교 졸업식을 앞두고 일하던 공장에서 쓰러졌다. 뇌 안에서 혈관이 터졌다고 했다. 흔히 말하는 뇌출혈이었다. 뇌출혈에도 여러 종류가 있는데, 엄마는 그중에서도 특히 예후가 좋지 않다는 뇌실질내출혈이었다. 교복을 입고 보호자석에 앉아 있던 은주에게 수술은 잘 되었다고 전하던 의사의 표정이 마냥 좋지 못했던 이유도 그래서였다.

수술 후 나흘 만에 깨어난 엄마의 첫마디는 말이 아니라 울음이었다. 엄마는 그날 이후 울보가 되었다. 엄마가 울 때마다 병실 사람들의 눈총이 쏟아지고, 번갈아 간병을 오던 친척들도 더는 돕기 어렵다는 눈치를 주기 시작할 무렵, 은주는 엄마와 함께 집으로 돌아왔다.

은주가 학교에 가 있는 동안은 정부에서 지원해 주는 간병인 제도로 도움을 받았고, 학교가 끝난 뒤엔 은주가 바통을 이어받아 엄마를 돌봤다. 말로는 퍽 간단했지만, 당연하게도 그리 쉬운 일상은 아니었다. 하루에도 몇 번씩 지쳐서, 엄마를 씻기다가 욕실 바닥에 주저앉아 같이 울기도 하고, 밥을 먹이다가도 숟가락을 던지고 싶을 때가 한두 번이 아니었지만, 그래도 그게 다른 사람의 손을 타며 종일 울다가 퉁퉁 불어 터진 엄마의 눈두덩을 보는 것보단 나았다.

"엄마는 저 아니면 안 돼요. 저 없으면 울고불고 난리 나거든요."

"네가 그렇게 믿고 싶은 건 아니고?"

"아줌마가 뭔 상관인데요. 뭐 돼요?"

대체 왜 아무것도 모르는 사람들이 자꾸 간섭을 하려는 걸까. 모아를 쏘아보는 은주의 눈빛이 매서워졌다.

"뭐, 아줌마?"

입술을 실룩이며 반문하려던 모아는 이내 이마를 짚으며 화를 삭였다. 자신이 지금 질풍노도의 열여덟 소녀를 대하고 있다는 걸 잊지 않으려 노력하듯이.

"그래, 내가 뭐는 아닌데, 훗, 나도 우리 엄마 병 수발 좀 들어 봐서, 큼, 하는 말이거든."

그 말에 살쾡이처럼 치켜떴던 은주의 눈매가 아주 약간 누그러졌다.

"세상에 참 아픈 엄마들이 많, 많아, 그치?"

공감대 좀 형성해 보자고 한 말은 아니었다. 불행하게도, 아이들이 자라고 나면 자녀보다 부모가 병원을 찾는 일이 더 많아지는 게 현실이었다. 자식들이 점점 더 건강해지는 동안 부모는 점점 더 쇠약해져 갔다.

권모아나 강은주는 그 시기가 남들보다 조금 더 일찍 왔다. 마음의 준비를 할 겨를도 없었다. 설마 지금은 아닐 거라고 방심하고 있을 때 마주한 엄마의 병에 모아는 속수무책으로 휘둘렸고, 억울했고, 징징거리며 원망했다.

"갓 대학교 입학했을 때였는데, 흐, 학교도 거의 안 나가면서 병실을 지켰더니 사람들이 다 효, 효녀 났다고 그러더라. 근데 우리 엄마는, 끄, 나보고 맨날 불효녀라 그랬어. 엄마 맘, 흡, 불편하게 한다고."

그땐 그 말이 모아에게는 그렇게 서운할 수가 없었다. 저도 지치고 힘든데, 필요 없으니까 가라는 말을 들을 때마다 속에서 천불이 났었다. 죄책감에서 비롯된 책임감엔 날카로운 비수가 꽂혔다. 하지만 그런 것보다 모아를 더 화나게 했던 건, 자기에겐 아직 엄마가 필요한데 엄마는 벌써 내 곁에서 떠날 준비를 하고 있단 사실이었다.

아픈 엄마를 둔 자녀가 배워야 할 것은 엄마를 잘 돌보는 방법이 아니라 이른 독립을 준비하는 자세였다는 것을, 그때 알았으면 좋았을 것이다. 그랬으면 사춘기 시절 틱 때문에 학교에 가기 싫다고 매일 울고불고 매달리던 모아에게 언제나 웃는 얼굴로 아침을 먹이고 등교시켰던 최정애 여사처럼, 권모아도 엄마를 위해 조금 더 의젓해질 수 있었을 텐데.

"엄마가 웃는 게 보고 싶으면, 웃, 네가 먼저 웃을 수 있는 여유부터 가져야 해."

뜬금없이 이어진 말은 마치 엄마의 웃는 얼굴을 오랫동안 못 봤던 은주의 속을 다 들여다보고 하는 말처럼 들렸다. 은주는 조금 의아해졌다.

"그게 돼요?"

"응?"

"엄마가 아픈데 웃는 게 되냐고요."

언뜻 시비조로 들리는 말이었지만, 그 속에 담긴 것은 정말 순수한 궁금증이었다. 매일이 초조한 은주에겐 마음 편히 웃었던 순간이라는 게 아득하게만 느껴졌다. 어떤 날엔 엄마한테 혼났다며 푸념을 늘어놓는 친구들의 말도 듣기가 싫고, 수업 중에 엄마라는 단어만 나와도 혼자 코를 훌쩍댔고, 엄마가 제 곁을 떠나는 순간을 상상하기라도 하는 날은 터진 수도꼭지처럼 마음에 홍수가 났다. 그런데 어떻게 다시 웃는 게 될까. 그런 날이 오기는 할까. 은주는 이제 자신이 그런 날을 기다리는지, 아니면 영영 오지 않기를 바라는지도 잘 모르겠다.

"너 분리불안 있는 개들을, 으, 어떻게 훈련시키는지 아, 알아?"

질문과 동떨어진 모아의 대답은 이번에도 다소 뜬금없게 느껴졌다.

"점진적 노출. 조금씩 분리에, 흠, 익숙해지도록 훈련하는 거야. 떨어져 있어도 아무 일이 일어나지 않는단 걸, 아, 지속적으로 확인시켜 주면서. 사람도 똑같아. 읏, 그런 과정을 거쳐야 돼."

그렇게 말했던 모아는 다소 질린 듯한 표정으로 고개를 젓더니, 이내 어쩌면 개보다 사람이 더 어려울지도 모른다고 덧붙였다. 사람은 더럽게 말을 안 듣기 때문이란다.

"그러니까 너도 일단은, 흐, 웃어 봐. 되는지 안 되는지, 네가 웃을 자격이 있는지 없는지, 큼, 그런 건 나, 나중에 생각하고 일단 해 보라고."

"……."

"아, 그리고 이거."

모아가 등 뒤에 감추고 있던 분홍색 쇼핑백을 내밀었다. 얼른 받으라는 모아의 성화에 얼결에 손을 뻗은 은주가 쇼핑백 입구를 벌렸다. 안에는 쇼핑백 색감만큼 선명한 개나리색으로 물든 블라우스가 들어 있었다. 작은 꽃송이가 흩날리는 듯한 옷은 봄마다 꽃구경 나가던 제 엄마의 취향을 빼다 박은 듯했다.

"아무래도 네 옷은 아닌 것 같고, 흐, 내일 어머님께 입혀드려."

"이걸 왜…….'

"그냥 잘 어울리실 것 같아서. 누가 골랐는지 아주 예쁜 걸로 잘 골랐더라고."

여전히 모르겠다는 듯한 표정을 짓고 있는 은주였지만, 모아는 다른 설명 없이 몸을 돌렸다.

방문이 잘 닫힌 걸 확인한 모아는 조용히 부엌으로 향했다. 닫힌 싱크대 찬장 문을 똑똑 두드리자 잠시 뒤 문지기가 얼굴을 빼꼼 내밀었다. 은주를 의식한 모아는 문지기를 자신의 방으로 데리고 들어갔다. 만일을 대비해 문을 걸어 잠그는 것도 잊지 않았다.

"그 애는 괜찮아요?"

"괜찮아. 좀 놀란 것 같긴 한데, 큼, 기억은 못 해."

"손은요?"

"응?"

문지기가 모아의 손바닥을 뒤집었다. 아까 강은주에게 물린 모아의 손이 신경 쓰였던 모양이다.

"아, 이거 괜찮다니까."

잇자국을 따라 멍이 조금 들긴 했지만 심각하진 않았다. 상처가 심한 건 오히려 문지기 쪽이었지.

"그쪽이야말로, 흣, 다쳤잖아."

아까 그림자구미와 부딪쳐 넘어질 때 손바닥 안쪽부터 손목 아래까지 피부가 쓸린 걸 봤는데, 밝은 곳에서 보니 상처가 꽤 컸다. 하필이면 피부가 얇은 곳이라 그대로 두면 흉이 질 것 같았다.

괜찮다며 긴 소매를 끌어 내리려는 문지기의 손등을 찰싹 내리친 모아는 서랍에서 구급상자를 꺼내 왔다. 그리고 피가 말라붙은 손바닥 아래에 거즈를 대고 소독약을 부었다. 문지기가 얼굴을 구기며 두 다리를 바동거렸다. 괜찮다 할 때는 언제고, 엄살 심한 강아지가 따로 없었다.

"좀 참아."

"으, 벼, 별다락에서 치료하는 게 더 좋을 것 같은데."

"뭐, 나 동물 의사라고 훗, 무시해?"

모아는 괘씸하다는 듯 다시 소독약을 부었다. 문지기가 입술을 꾹 물었다. 그 모습에 좀 너무했나 싶어진 모아는 소독약이 흐르는 문지기의 손바닥에 대고 후, 하고 입바람을 불었다. 문지기가 부르르 몸을 떨었다.

"가만히 좀 있어."

동그랗게 모은 입술이 다시 한 번 연한 살갗에 스칠 듯 가까워졌다. 화한 냄새가 코와 눈을 찔렀다. 어쩔 줄 모르고 방황하던 문지기의 눈이 이윽고 모아의 얼굴에 닿았다. 처음엔 훔쳐보듯이 조심스럽더니, 나중엔 잠시도 눈을 떼지 않았다. 노골적인 시선에 모아의 눈썹 사이가 다 간질간질할 정도로.

그러니까, 속이 너무 훤히 보여서 곤란하달까.

모아가 눈을 올리자 시선이 부딪쳤다. 문지기의 뺨이 조금 붉어 보였다. 어쩐지 모아도 기분이 이상해졌는데, 그 와중에 묘한 기시감이 들었다.

"우리 혹시, 으, 전에도 이런 적 있었나?"

문지기는 그제야 화들짝 놀라며 잡힌 손을 빼냈다.

"아, 아뇨."

아닌 게 아닌 것 같은데.

생각해 보면 문지기와 있을 때 이런 느낌을 받은 게 이번이 처음도 아니었다. 월녕산에서 그를 처음 만났을 때도 그랬고, 아까 강은주의 집 앞에서 대화를 나누다가도 그랬고, 바로 지금도 그렇고.

문지기가 지웠다는 모아의 기억 속에 비슷한 장면들이 있었던 걸까? 그럼 모아가 모르는 다른 순간들은 또 얼마나 많을까?

어차피 기억도 못 하면서 그런 걸 따지고 드는 게 의미가 없는 걸 알지만, 어쩐지 모아는 조금 억울하단 생각이 들었다. 자신은 모르는데 문지기만 기억하는 순간들이 존재한다는 게.

"나중엔 나도, 흐, 은주처럼 아무것도 기억 못 하게 되는 건가?"

"네?"

"그쪽이 별다락으로, 윽, 완전히 돌아갈 때 말이야. 내 기억도, 큿, 은주처럼 다 지울 거냐고."

잠시 머뭇거리던 문지기는 이윽고 고개를 끄덕였다. 왜인지 자신이 더 침울한 표정으로.

"그럼 기억을 지우면 마음도 사라져?"

모아는 문지기의 상처 부위를 살짝 닦아낸 뒤 연고를 바르고, 반창고까지 꼼꼼히 붙이며 물었다. 모아의 체온이 손바닥 안쪽을 스칠 때마다 문지기의 손끝이 움찔거리는 게 느껴졌다.

"다 잊어 버려도, 흣, 주고받았던 마음은 안 사라지면 좋겠는데."

문지기가 권모아의 말을 알아들었을까. 아니, 괜한 말을 했나. 말이 없는 얼굴을 가만 바라보던 모아가 변명처럼 말을 덧붙였다.

"그럼 은주도 마음은 좀 괜찮지 않, 않을까 싶어서. 기억은 없어도."

"……아, 그 애가 걱정돼서요?"

문지기의 낯빛이 조금 실망스러워 보였다. 구급상자를 닫던 모아의 손이 느려졌다.

"걱정이라기보단……."

강은주도 그렇고, 권모아도 그렇고, 기억이 조금 사라졌다고 큰일이 나진 않을 것이다. 늘 그랬던 것처럼 꿋꿋하게 잘 살아가겠지. 그러니 단순히 기억을 하고 말고의 문제가 아니었다.

"오랜만에 엄마가 웃는 걸 봤으니, 어, 얼마나 기뻤겠어. 그 마음 정도는 가지고 있어도 좋잖아."

"애초에 이 세계의 것이 아닌 걸 가지고 있을 순 없어요."

평소처럼 그렇죠, 하고 고개나 끄덕일 줄 알았던 문지기의 대답이 생각보다 단호했다. 모아는 조금 의외라는 생각과 함께, 알 수 없는 서운함도 느꼈다.

"물러 터진 문지기인 줄 알았더니, 큼, 꼭 그렇지도 않네."

"별다락엔 별다락의 세계가 있고 여기엔 이곳의 세계가 있어요. 두 세계는 이어질 수 없고 이어져서도 안 되죠. 서로 영향을 받아 좋을 게 없다는 말이에요."

"그쪽은 두 세계를 넘나들잖아."

"그래도 이곳이 저의 세계가 아니라는 사실은 변하지 않아요."

지금 이 순간 모아는 어쩐지 문지기가 그 어느 때보다 낯선 이방인처럼 느껴졌다. 희한한 식물을 꺼내 휘두르고, 생전 본 적 없는 동물과 대화를 나누는 모습을 볼 때보다 훨씬 더. 그리고 그게 왜 자신의 기분을 가라앉히는지는 알 수 없었다.

"전에 내가 인간인지 아닌지 물어본 적 있었죠?"

모아가 문지기를 처음 만났을 즈음 그의 정체를 경계하며 추궁하듯 물었던 때를 말하는 것이었다. 그때는 대답을 듣지 못했던 질문이었다.

"난 별다락이 아니라 바깥 세계, 그러니까 이곳에서 태어났어요."

"여기서 태어났다고?"

사실 문지기가 인간인지 아닌지는 모아에게 그다지 중요하지 않았다. 그의 정체가 무엇이든 모아가 그를 대하는 태도에 달라질 건 없었으니까. 하지만 별다락이 아닌 모아와 같은 세계에서 태어난 인간이 어쩌다 다른 세계로 넘어가게 된 건지, 그 이유는 궁금할 수밖에 없었다.

"그런데 왜 여기가 아니라 별다락에서……."

"이곳에 존재할 이유가 없었으니까요."

"무슨 소리야?"

"저는 이곳에서 제 존재를 잃었다는 소리예요. 존재라는 게 그래요. 누군가 기억해 줘야만 의미가 생기거든요."

모아는 여전히 문지기의 말을 제대로 알아들을 수가 없었다. 지금 모아의 눈앞에 버젓이 존재하면서 존재를 잃어버렸다니.

"날 낳아 준 사람들은 여기서 죽었대요."

문지기의 말에 모아는 천천히 숨을 삼켰다.

"여기 월녕산 어느 오두막에서요. 일부러 불을 피웠다는데, 나는 아마 그때 함께 죽을 운명이었던 것 같아요."

그리 동화 같은 이야기는 아니었다. 전설 속의 새가 물어 온 알에서 태어났다든가, 신비한 나무 아래에서 태어난 요정이라든가 하는 이야기와도 거리가 멀었다. 어쩌면 그건 모아가 가장 바라지 않았던 종류의 도입이었다. 그에게도 가족이 있었다는 당연하고도 평범한 사실과 그것의 상실로 시작하는 이야기 말이다.

"그때 별다락에서 길을 잘못 든 이탈자만 아니었다면 난 분명 죽었을 거예요. 마음 약한 이탈자는 불이 난 오두막 안에서 아직 숨이 붙어 있는 날 보고 그냥 지나치지 못했거든요. 그게 바로 비늘두더지였어요."

비늘두더지는 그가 깨어나는 걸 보자마자 다시 별다락으로 돌아갔다고 했지만, 상황은 그대로 끝나지 않았다. 그가 비늘두더지의 뒤를 따라 별다락으로 들어간 탓이었다.

"별다락에 들어간 첫 번째 인간이 바로 나였어요."

그가 '첫 번째'였다는 것은, 문지기가 맞닥뜨린 모든 길이 처음이었단 말과도 같았다. 그의 처음에 다녀갔을 숱한 외로움과 막막함을 가늠하기도 어려웠다.

"별다락에선 날 돌려보내야 할지 말지 의견이 분분했었죠. 그때 바깥 세계에 남은 내 기억을 찾으러 떠났던 구름매가 돌아와서 이런 말을 했대요. 짙은숲에 보낼 나의 기억이 없다고."

무릎을 모으고 앉은 문지기의 시선은 내내 땅바닥을 향하고 있었다. 옆에서 바라보는 속눈썹이 조금 떨렸다.

"그건 이곳에 날 기억하는 존재가 하나도 없단 말이었어요."

"……하나도?"

말이 안 된다고 생각했다. 설마 태어난 아이를 기억하는 사람이 아무도 없을까? 아무리 낳아 준 부모가 죽었다고 해도 연을 맺은 사람이 한 명도 존재하지 않을까? 문지기가 그런 모아의 의문을 읽기라도 한 듯 답했다.

"나는 아마…… 태어났을 뿐인 아이였던 것 같아요. 그러니까 이곳에서 태어났다는 걸 증명할 수 없고, 그 어디에도 알려지지 않은 아이요. 어쩌면 나의 부모는 애초에 나를 쉽게 지우고 떠나려는 작정으로, 이 세계에 내 이름 하나 남기지 않으려고 했던 걸지도 모르고요."

문지기의 음성은 담담했다. 여러 번 해 본 말이라서가 아니라, 너무 오랫동안 홀로 간직했던 이야기를, 마치 소설 속의 한 장면처럼 낯설게 전하고 있다는 생각이 들었다.

"덕분에 나는 별다락에 들어갈 수 있는 인간이 된 거예요. 그런 나를 구름매가 받아 준 거고요. 그러니까 인간이기만 할 뿐, 나는 이 세계와 아무런 연관도 없는 존재인 거죠."

"······꼭 그렇진 않지 않나."

끼어들기 힘든 무거운 이야기에 최대한 잠자코 들으려던 모아의 딴지 본능이 고개를 쳐들었다. 문지기가 그렇게 말하는 전후 사정은 알겠고, 그 말이 아주 틀리다고도 할 수 없었지만, 전적으로 동의할 수도 없었다.

"그쪽이 우, 우리 집 찬장 문 열고 들어온 그 순간부터, 흣, 그쪽은 나랑 아주 깊게 연관이 됐, 됐는데?"

적어도 권모아가 문지기와 대화하고 있는 지금 이 순간은 그랬다. 부엌 찬장 뒤에 다른 세계가 있다는 게 권모아에게 얼마나 큰 사건인데, 그걸 아무렇지 않게 치부하는 건 용납이 안 됐다. 설사 나중에 그가 권모아의 기억을 지워 버린다 할지라도, 그가 권모아와 아무런 연관도 없다고 말한다면 그건 아주 양심이 없는 거였다.

"적어도 지금은, 큼, 이 세계에서 그쪽 존재도 아주 선명하다고."

문지기는 어쩐지 그렇게 말하는 모아의 눈을 똑바로 보지 못했다. 한참 배회하던 눈동자가 이내 반대쪽으로 돌아가 버렸다.

"저 이제 가 봐야겠어요."

당장 떠날 듯 몸을 일으킨 문지기가 문고리에 손을 얹은 채 멈췄다. 더 할 말이 있나 싶어서 가만 보고 있었더니, 별안간 제 손바닥에 붙어 있던 반창고를 떼어냈다.

"그걸 왜 떼?"

문지기가 돌아서더니 모아의 손을 살짝 끌어당겼다. 여전히 모아와 눈은 맞추지 못한 채였다. 잇자국이 난 모아의 손바닥 위에 반창고가 붙었다. 한 번 붙였다 떼어서 접착력이 떨어진 반창고의 모서리를 살살 눌러 붙이는 손길은 나뭇잎이 스치는 것처럼 부드러웠다.

"진짜 갈게요."

문지기가 다시 몸을 돌렸다. 밖에서 끼익, 하고 찬장 문이 열렸다가 닫히는 소리를 들으며 모아는 헛웃음을 터뜨렸다.

"반창고가 무슨, 흐, 만병통치약인 줄 아나."

그러면서도 손끝은 손바닥에 붙은 반창고를 한참이나 만지작거렸다. 짧게 스치고 간 온기를 더듬듯이 오래.

꽃가루 알레르기

 비늘두더지는 땅속에 있는 순간을 좋아했다. 긴 발톱 아래로 파고드는 부드러운 흙의 느낌도 좋았고, 자라나는 나무뿌리의 소리도 좋았고, 끝없이 이어진 긴 터널들 사이에서 길을 찾아가는 것도 좋았다.
 그런데 비늘두더지가 사랑해 마지않는 땅속 세계가 요즘 들어 조금씩 달라지고 있었다. 흙이 거칠어지고 나무뿌리가 뒤엉켜 자라는 일이 잦더니, 이윽고 오늘은 터널이 막혔다. 비늘두더지가 매일 같이 드나들던 길이 무너져 내린 것이었다. 그간 별다락 아래를 무수히 지나다녔지만 이런 일은 단 한 번도 없었다.
「아무래도 뭔가 이상해.」
 비늘두더지는 멈춰 선 채 코를 바짝 들어 올렸다. 미묘한 진동이 두 발바닥을 타고 전해졌다. 낯설고 기분 나쁜 감각에 단숨에 땅을 헤치고 올랐다. 별다락에 어떤 사고가 생겼다면, 그건 높은 확률로 문과 관련된 것일 테니.

「문지기!」

문지기를 찾아 달리던 비늘두더지가 발톱을 세우며 멈춰 섰다. 비내리나무 아래 맺힌 빗물 방울에 제 모습을 비춰 보고 있는 문지기를 발견했을 때였다. 자신을 부르는 소리에 놀라서 고개를 돌린 문지기를 본 순간 비늘두더지는 하려던 말도 잊어버리고 말았다.

「너 꼴이 왜 그래?」

평소와 다른 차림을 하고 있는 문지기를 위아래로 훑어보는 비늘두더지의 표정이 미묘하게 일그러졌다.

「대체 뭘 입고 있는 거야? 꼴은 또 왜 그렇고?」

깨부리쥐한테 쥐어뜯기기라도 한 걸까. 머리털이 짧아진 문지기는 평소처럼 실껍나무의 껍질을 엮어 만든 옷을 걸치고 있지 않았다. 꼭 푸른 하늘에 먹구름을 끼얹은 것 같은 색의 천은 흐늘흐늘 흐르지 않고 단단하게 모양이 잡혀 있었다. 별다락에선 볼 수 없는 옷감이었다. 게다가 팔을 다 덮고 있어야 할 소매는 또 왜 반으로 댕강 잘려 저리 짤막한 것인지. 문지기 본인도 익숙하지 않은 건지 드러난 팔을 벅벅

긁는 동작이 어색하기 짝이 없었다.

"왜, 이상해?"

「어. 되게 인간 같…….」

그 말은 좀 틀렸나 싶었다. 문지기는 원래도 인간이니까. 하지만 오늘따라 유독 더 인간스러워 보이는 것도 사실인데. 곰곰이 생각하던 비늘두더지가 아, 하고 다시 입을 열었다.

「꼭 바깥 세계에 사는 인간 같아. 그런 건 대체 어디서 주워 입은 거야?」

비늘두더지라면 줘도 입지 않을 옷이었다. 바닥에 깔개 정도로 쓴다면 또 모를까.

「설마 훔친 건 아니지?」

"아니야! 바깥 사람들이 무슨 초록색 함에 버리고 가길래…… 그, 그게 훔친 건가?"

말을 이으며 깨달았는지 문지기의 얼굴이 사색이 됐다. 와중에 비늘두더지는 역시 저 옷을 갖다 버린 걸 보면 바깥 세계 사람들의 안목도 영 꽝은 아닐지 모른다는 생각을 했을 뿐이다.

"아무래도 다시 돌려놓는 게 낫겠어."

뒤늦게 죄책감이 몰려온 건지 문지기가 벗어 두었던 실 껍나무 껍질 옷을 주워 들었다. 그 모습을 보던 비늘두더지가 아, 맞다! 하고 앞발을 팡 부딪쳤다.

「지금 그게 문제가 아니라……!」

그 순간 땅이 울렸다. 쩌저적, 하고 산이 쪼개지는 듯한 소리가 퍼지며 나무 잎사귀들이 불안하게 몸을 떨었다. 미리 동작을 맞춘 것처럼 눈이 마주친 문지기와 비늘두더지는 누가 뭐라 할 새도 없이 소리가 들린 방향으로 달려갔다. 굴곡진 길을 지나며 비늘두더지를 앞선 문지기가 제 머리 위로 늘어지는 덩굴을 걷어 올렸을 때였다.

「저게 대체…….」

헐떡이며 문지기의 뒤를 따라붙은 비늘두더지의 턱이 떨어졌다. 그들의 눈앞에 마치 벼락이라도 맞은 듯 몸통이 반으로 쪼개진 나무가 서 있었다. 그리고 그 사이로 일렁일렁 보이는 풍경은 분명 바깥 세계였다. 어쩐지 예감이 좋지 않았다.

「문지기. 저것 좀 봐.」

비늘두더지가 가리킨 곳에 떨어져 있는 붉은 꽃잎이 바로 그 좋지 않은 예감의 이유였다.

※ ※ ※

거리에 시끄러운 음악 소리가 퍼졌다. 마치 생각이 많은 권모아의 머릿속 같았다.

그날 이후 문지기를 만나지 못했다. 처음 며칠은 집에 머무르는 은주와 은주의 어머니 때문에 조심하는 거라고 여겼지만, 은주 모녀가 돌아간 후에도 문지기의 모습을 볼 수 없었다. 하루가 멀게 층간 소음을 일으키던 이웃이라도 며칠 잠잠하면 걱정이 드는 법이다. 그나마 진짜 이웃이라면 직접 찾아가 볼 수라도 있지, 문지기는 찾아가긴커녕 소식조차 알 수 없었다. 모아는 새삼 문지기가 다른 세계에 산다는 것을 절실히 실감했다. 그가 먼저 나타나지 않으면 모아는 그 존재의 티끌만 한 흔적조차 찾을 수 없다는 점에서.

이어질 수도 없고 이어져서도 안 되는 세계라는 게 이런 건가.

"무슨 생각을 그렇게 해?"

어느새 다가온 민석에게 모아는 고개를 저었다. 싱거운 반응에 의아하다는 듯 웃은 민석이 자판기에서 뽑은 커피를 내밀었다.

"조사 받느라 힘들었지."

"뭘. 그냥 묻는 말에 대답만, 흐, 했는데."

모아는 은주의 집에 도둑이 들었던 사건 때문에 참고인 조사를 받으러 파출소에 나온 것이었다. 당연히, 도둑은 잡히지 않았다. 현장에서 검출된 지문 중에 모아의 것과 다른 것이 또 있긴 했는데 특정이 안 된다고 했다. 모아는 안도감을 감추고 조용히 커피를 홀짝였다.

"근데 파출소에 사람이 없, 없네?"

"평소엔 더 있는데, 오늘은 인원이 다 빠져서 그래. 저기 공원에서 노래자랑 하는 거 통솔하러."

몇 주 전부터 티브이 노래자랑 예선전 현수막이 걸려 있던 걸 보긴 했다. 그게 오늘인 줄 몰랐던 모아는 오늘따라 왜 이렇게 음악 소리가 크게 들리나 했다.

"넌 저거 보러 안 가?"

"뭐 하러. 내가 노, 노래 부를 것도 아니고."

모아는 민석이 준 커피를 홀짝이며 답했다. 시끄럽고 사람 많은 것도 질색이었지만, 노래에도 관심이 없었다. 모아는 학교에 있던 대부분의 시간을 좋아하지 않았지만, 그중에서도 음악 시간은 최악의 순위에 꼽히는 시간이었다. 가창 실기라도 있는 날은 그냥 음악실 구석에 처박혀 있고 싶었다. 범민석도 그런 모아의 옛 모습을 기억하는 것인지 옆

머리를 긁적이다 말을 돌리기 위해 애를 썼다.

"예전에 너 피아노 되게 잘 치지 않았나?"

"그랬나."

"어, 너 막 오르간 치고 그랬었잖아."

피아노가 신경 안정에 도움을 줄 수 있다는 말에 아주 잠깐 피아노를 배운 적이 있긴 했지만, 그래 봐야 바이엘 수준이었다. 범민석이 기억하는 오르간 치는 권모아의 모습은 아무래도 추억이 미화되어 있을 확률이 높았다. 어찌 됐든 뭐라도 잘하는 모습으로 기억해 주는 건 고맙긴 하다만.

뜨거운 커피가 적당히 식고 종이컵이 바닥을 드러낼 때까지 끊임없이 가벼운 화젯거리를 던지던 민석이 갑자기 조용해졌다. 찾아온 정적에 모아가 고개를 들자 민석이 왜, 하고 물었다. 그렇게 물어야 할 쪽은 모아인 것 같아서 어리둥절하게 보고만 있자 민석이 픽 웃었다.

"너 지금 종이컵 뜯고 있잖아. 나한테 뭐 할 말 있는 거 아냐?"

잇새로 종이컵 입구를 잘근잘근 씹어대던 모아의 동작이 딱 멈췄다. 새삼 민석의 눈치가 빠르구나 싶었다. 경찰은 경찰인가. 어차피 들킨 김에 모아는 그냥 철판을 깔기로 했다.

"사실 나 너한테 뭐, 읏, 부탁하고 싶은 게 있, 있는데."

"혹시 저번에 말한 그거면 안 그래도 지금 알아보고 있어. 주민센터에 연결했더니 그 은주라는 애가 받을 수 있는 복지 혜택이 꽤 있다네."

아, 맞다. 모아는 그제야 자신이 민석에게 강은주가 도움을 받을 만한 방법에 대해서도 물어봤었다는 것을 기억해 냈다. 성실하고 친절한 경찰 범민석다운 말에 모아는 고맙다며 고개를 끄덕였다. 그러나 염치없게도 이번엔 그와 다른, 어쩌면 더 까다로운 부탁일지도 몰랐다.

"근데 그거 말고, 흠, 나 좀 찾고 싶은 사람이 있거든."

"누구? 너 뭐 돈 떼였어?"

과연 경찰다운 상상력이긴 했는데, 그런 일이라면 경찰인 민석에게 부탁할 게 아니라 흥신소를 찾아가는 게 빠르지 않을까.

"그런 게 아니라, 호, 혹시 너 예전에 월녕산에서 불났다는 얘기 들어본 적, 큼, 있어?"

"불? 작은 산불 정도야 종종 났었지."

"그렇게 작은 불은, 흐, 아니었던 것 같은데."

"피해 규모가 컸으면 찾아볼 수는 있겠다. 정확히 언제인진 알아?"

"어, 글쎄. 언제쯤이지……."

문지기의 나이를 모르니 시기를 특정하기가 애매했다. 어렸을 때 있었던 일이라고 했는데, 과연 얼마나 어렸을 때였을까. 지금의 문지기는 몇 살일까. 권모아보다 나이가 많을까, 적을까. 막연하게 또래 정도로 생각하긴 했지만 정확하게 가늠하긴 어려웠다. 모아는 불확실한 추측을 관두고 문지기에게 들었던 그날의 이야기를 다시 떠올렸다.

"그, 오두막에서 일부러 불을 냈다고 했, 했었거든. 아마 흠, 부부 동반 자살이었던 것 같아."

"그 사망자 신원을 알고 싶은 거야?"

"그것보단…… 혹시 거기에, 홋, 다른 사람이 있진 않았나 해서. 뭐, 예를 들면 아, 아이라든가."

"아이?"

"예를 들면 말이야."

모아도 자신이 왜 이런 것까지 알아보려고 하는지 알 수 없었다. 그날 문지기의 표정이 매일 밤 천장에서 떠다니며 잠자리를 뒤숭숭하게 괴롭힌 탓이었을까. 자신은 이 세계에 존재할 이유가 없다고 말하던 그 덤덤한 수긍과 낙심이 가뜩이나 배배 꼬인 권모아의 속을 박박 긁었다.

어떤 사람들은 왜 그저 존재하는 데에도 이유와 증명이 필요할까.

권모아는 그게 늘 궁금했다. 수의사가 된 이후 모아에게도 매일이 시험대였다. 분명 남들과 같은 과정을 거쳐 어엿한 수의사가 되었음에도 불구하고 권모아는 병원에 들어가기 위해, 그리고 아픈 동물을 진료하기 위해, 내가 다른 수의사와 다르지 않다는 것을 보이기 위해 끊임없이 자신을 변호하고 해명해야 했다. 그저 틱이 있는 수의사로 존재하기 위해서 말이다.

"음, 누굴 찾는 건지 정확히 알면 더 좋을 텐데. 혹시 사망자나 아이 이름 같은 건 몰라?"

민석의 물음에 모아는 뒷머리만 긁적였다. 부탁을 한다면서 정작 제대로 아는 게 하나도 없으니 스스로도 조금 민망할 지경이었다.

왜 문지기의 이름을 물어볼 생각도 하지 않았을까. 그래도 문 하나를 사이에 둔 이웃이라면 이웃이었는데, 매번 문지기라고만 불렀다. 문지기 역시 자신을 그렇게만 소개했기에 자연스럽게 받아들였던 것 같다. 마치 그의 성이 문이고 이름이 지기인 것처럼. 그럴 리가 없을 텐데도.

"일단 알아는 볼게. 이 동네에서 그 정도 규모의 사건이면 많지 않을 테니까."

"고마워. 매번 부, 흐, 부탁만 하는 것 같네."

"고마우면 다음에 밥이나 같이 먹자."

그냥 인사치레로만 들리는 말은 아니었다. 권모아도 민석이 자신에게 베푸는 호의와 친절을 전혀 의식하지 않는다면 거짓말이었다. 민석이 아무리 어릴 때부터 천성이 살가웠던 카피바라라고 해도, 지금의 그들은 여덟 살 소년 소녀가 아니니까. 어쩌면 권모아에게는 모처럼 핑크빛 제안일지도 모르는데, 왜인지 선뜻 대답이 나오지 않았다. 범민석이 싫어서는 아니었다.

그때, 계속 시끄럽게 울리던 노래자랑 리허설 음악이 뚝 멎었다. 동시에 민석의 무전이 울렸다.

-범 경장, 지금 이쪽으로 바로······!

문장이 끝나기도 전에 무전이 끊겼다.

"뭐지? 모아야, 나 저기 좀 가 봐야 될 것 같아."

민석은 과연 경찰답게 빠른 반응을 보였다. 모아는 자신에게 인사를 건네는 민석에게 얼른 가 보라며 손을 흔들었다.

그 순간 푸른빛이 시야에 아른거렸다. 모아의 가방에 키링처럼 달려 있던 빛결나무 가지였다. 꺾은 지 오래되어 이제 많이 시들어 버린 잎사귀에서 희미한 빛이 나는 게 보였다.

설마.

놀란 모아가 빠르게 주위를 살폈다. 저 멀리서 익숙한 얼굴의 남자가 달려가는 게 보였다. 남자는 분명 문지기의 얼굴을 하고 있었으나, 평소의 문지기와는 뭔가 다른 모습이었다. 손질하지 않은 라마 털처럼 붕 떠서 흩날리던 머리칼은 짧아지고, 피부에 붙어 있는 게 아닐까 의심스럽곤 했던 거적때기 대신 청남방을 입고 있었다. 모아는 혹시 그림자 구미가 다시 밖으로 나온 게 아닐까 생각했다.

그사이 거리에 세워진 차 사이를 달려 나가던 문지기가 고개를 돌렸다. 모아를 발견한 문지기가 빠른 속도로 다가오는 것을 보며, 모아는 그때까지도 그가 진짜 문지기가 맞는지 의심 한 가닥을 놓지 않았다.

"무슨 일 없었죠?"

다행히 숨을 몰아쉬며 걱정스레 모아의 안위를 확인하는 이는 확실히 문지기가 맞았다. 모아는 그제야 의심을 내려놓은 채 잔뜩 상기된 얼굴의 문지기를 바라봤다. 무슨 일은 모아가 아니라 문지기에게 있는 것 같았다.

"그쪽이야말로 므, 무슨 일이야?"

"문이 또 열렸어요."

문지기가 새삼스러운 말을 했다. 문이야 줄곧 열려 있지 않았나. 그렇게 말하는 듯한 모아의 표정을 읽은 문지기가 고개를 저었다.

"새로운 문이 생겼다고요. 나도 어떻게 된 일인지 잘……."

정말로 정신이 없는 건지 주절거리던 문지기가 이내 짧은 숨을 들이켜며 말을 끊었다.

"일단 여왕꽃사슴부터 찾아야 해요. 이쪽 사람들은 그 꽃가루에 면역이 없어서 금방 취할 거예요."

여왕꽃사슴은 또 뭐야. 뭔지 몰라도 또 대단한 놈 하나가 튀어나온 모양이었다. 모아는 직감적으로 음악이 끊긴 노래자랑 현장을 떠올렸다. 분명 여왕꽃사슴이라는 녀석과 관련이 있을 것 같았다.

"달맞이 공원. 큼, 거기에 있을 거야."

모아는 문지기와 함께 달맞이 공원으로 달렸다. 점차 공원에 가까워지며 어디선가 향긋한 꽃 내음이 풍겨올 즈음이었다. 문지기의 손이 별안간 모아의 코와 입을 막았다. 놀란 모아가 얼굴을 피하기도 전에 문지기의 얼굴이 가까이 다가왔다. 마주친 눈동자가 깊었다.

"잠깐만. 숨 쉬면 안 돼요."

그렇게 말하지 않아도 모아는 이미 제대로 숨을 쉬기가 힘들었다. 문지기의 손끝에서 풍기는 진한 풀 냄새에 눈가가 다 화끈거렸다. 커다란 손바닥을 휘돌고 나오는 숨이 모아의 뺨에 다시 닿기를 반복했다. 그 열기 때문인지 얼굴이 붉게 달아올랐다.

그사이 문지기는 품에서 작은 천 조각을 꺼내어 모아의 코와 입이 가려지게 묶었다. 그제야 문지기의 손이 완전히 떨어졌다. 모아는 코 아래를 가리고 있는 천을 슬쩍 더 끌어올렸다. 붉게 물든 얼굴을 가릴 수 있어서 다행이라고 생각했다.

"면역이 없는 사람이 여왕꽃사슴의 꽃가루를 마시면 환각을 보거나 정신을 잃기도 해요. 그러니까 그거 절대 내리면 안 돼요."

문지기는 고개를 끄덕이는 모아를 확인한 후에야 다시 걸음을 옮기기 시작했다. 행여 놓칠세라 모아의 손을 꼭 잡은 채였다.

문지기의 걸음이 멈춘 건 노래자랑 무대가 설치된 공원 무대 옆 배롱나무 앞에서였다. 진분홍의 꽃잎이 흐드러지게 맺힌 배롱나무 아래, 여왕꽃사슴이 있었다. 모아는 여왕꽃사슴이 어떻게 생겼는지 들은 적도 없지만 보자마자 알아차릴 수밖에 없었다.

이름 그대로 정말 꽃 같았다. 뿔도, 몸통도, 다리도 꽃으로 뒤덮여 있어 꼭 살아 있는 꽃다발을 보는 것만 같았다. 머리 위의 가장 크고 아름다운 붉은 꽃은 마치 나뭇가지처럼 뻗어 있는 뿔 끝에서 돋아난 것처럼 보였고, 그 주위엔 작은 풀꽃들이 엉겨 있었다. 사슴이 고개를 움직일 때마다 붉은 꽃의 노란 수술에선 금빛 꽃가루가 흩날렸다. 아마 사람들을 환각에 빠뜨린다는 꽃가루가 저것인 모양이었다.

　무대 위와 객석 등 운동장을 채운 이들의 표정이 하나같이 몽롱했다. 그중엔 모아에게 운동장을 확인하고 오겠다고 했던 범민석도 있었다. 무슨 환각을 보는 건지 허공에서 무언가를 잡으려고 손을 뻗어대고 있었다. 마치 낮술에 취한 것처럼 보이기도 했다.

　"저 꽃가루 몸에 흐, 해로운 건 아니지?"

　"꽃가루가 다 날아가고 나면 금방 괜찮아질 거예요. 환각을 보고 위험한 일만 하지 않는다면요."

　그것 참 안심이 되는 소리였다. 이 많은 사람이 환각을 보고 있는데 위험한 짓이 벌어지지 않을 거란 보장이 없었다.

　그때 허공을 보던 민석의 눈이 모아를 향했다. 정신이 든 건지, 아니면 환각 속에서도 모아를 알아본 건지 반갑게 손을 흔들었다.

　"잠깐만. 일단 내 치, 친구부터, 웃, 좀 데리고 와야겠……."

"싫어요."

모아가 걸음을 채 떼기도 전에 문지기가 손목을 당겼다. 기우뚱하는 모아의 어깨를 붙드는 문지기의 표정이 퍽이나 당황스러워 보였다. 정작 그런 표정을 지어야 할 건 문지기가 아니라 모아였다.

"지금 뭐라고……."

"아, 아니, 안 된다고요."

분명 싫어요, 라고 했던 것 같은데. 그러나 문지기는 이내 모아의 눈을 피하듯 고개를 돌려 버렸다.

"아무리 복면을 썼어도 너무 가까이 가는 건 위험해요. 제가 갈 테니까 여기 있어요."

결국 문지기가 사람들 사이를 뚫고 들어가 민석을 데리고 나오는 걸 모아는 그 자리에서 지켜봤다.

"모아야아아!"

문지기의 손에 붙들려 비틀비틀 걷던 민석은 모아를 보자마자 반갑게 달려들었다. 쓰러지듯 몸을 내맡기는 그의 무게에 모아는 반사적으로 민석의 어깨를 끌어안았다. 그 순간 왜 민석의 뒤에 서 있는 문지기의 눈치부터 살폈는진 잘 모르겠다. 문지기의 얼굴에 떠오른 침울한 기색에 변명 같은 말을 떠올렸던 이유도.

그러나 모아는 머릿속에 떠올린 변명을 입 밖으로 꺼낼 새도 없었다. 문지기가 금세 여왕꽃사슴을 향해 몸을 돌린 탓이었다. 그러자 가만히 자리에 앉아 있던 여왕꽃사슴도 벌떡 몸을 일으키더니 놀리듯 달아나기 시작했다.

여왕꽃사슴이 뛰어가는 길마다 꽃가루가 떨어지고, 가루에 취해 비틀비틀 따라가는 인파도 점점 많아졌다. 흡사 좀비 떼 같았다. 모아는 그 좀비 떼를 헤치며 달려 나가는 문지기의 뒷모습에서 눈을 떼지 못했다.

혼자 보내도 괜찮을까. 위험하진 않을까. 저번에 그림자 구미 때문에 다쳤던 게 아직 다 안 나았을지도 모르는데. 이번에도 그렇게 다치면 어떡하지.

걱정이 여기저기 흩날리는 꽃가루처럼 피어올랐다. 결국 모아는 문지기가 자신의 시야 안에서 사라지기 직전, 참지 못하고 그의 뒤를 따라 달렸다. 그때까지 모아의 팔에 매달려 있던 민석은 원 플러스 원이었다.

차들이 정차한 길에서 때아닌 추격전이 펼쳐졌다. 여왕꽃사슴의 뒤를 쫓는 문지기와 그런 문지기의 뒤를 쫓는 모아, 그리고 그런 모아에게 질질 끌려가는 민석까지.

그나마 뛰면서 맑은 공기를 맡은 민석의 정신이 조금 돌아온 건지 무겁게 끌려오던 무게가 조금 가벼워졌다.

"모, 모아야? 우리 지금 왜 뛰는 거야?"

"묻지 말고, 헉, 일단 뛰어!"

어리둥절해하는 민석에게 친절한 설명을 해 줄 여유 따위는 없었다. 그사이 모아는 개천 다리를 건너 어느새 읍내 큰길에 다다랐다. 시야에서 자꾸 사라지던 문지기의 뒷모습도 다시 보이기 시작했다.

이제야 조금 안심이 되려던 그때, 문지기가 달려 나가던 큰길 옆에서 별안간 트럭이 튀어나왔다. 모아의 눈이 커졌다.

조심해!

그렇게 외치고 싶었다.

"흐앗!"

그러나 벌어진 입술 사이에서 말 대신 튀어나온 건 발작 같은 틱이었다.

"조심……!"

정작 하고 싶었던 말은 한발 늦게 나왔다. 그사이 이미 문지기를 덮칠 듯 다가온 트럭의 앞머리가 크게 방향을 틀었다.

"안 돼!"

문지기의 모습이 트럭 뒤로 감춰지듯 사라졌다. 모아는

두 눈을 질끈 감았다. 타이어가 아스팔트를 긁는 소리가 고막을 찢을 듯이 울려 퍼졌다. 그리고 잠시 뒤 고요한 적막이 찾아왔다. 고요해진 거리를 울리는 건 모아의 거친 숨과 제어되지 않고 튀어나오는 틱 증상뿐이었다.

"허억, 으, 아, 아!"

모아가 꼭 감았던 눈을 조심스레 뜨자 도로 한쪽에 멈춰 선 트럭이 보였다. 문지기를 피해 달아났던 여왕꽃사슴은 조금 떨어진 도로 위에 평화롭게 앉아 있었다. 뿔에 달린 꽃 한 송이가 떨어지긴 했으나 다친 곳은 없어 보였다.

모아는 튀어나올 듯 펄떡이는 심장께를 꽉 쥔 채 걸음을 옮겼다. 트럭 뒤쪽에 쓰러져 있는 두 다리가 보였을 때는 정신없이 달렸다.

누워 있는 문지기가 보였다. 눈을 감고 있는 문지기의 모습에 숨이 턱 막혔다.

바로 그 순간 문지기의 눈가가 구겨졌다. 그리고 끙, 앓는 소리와 함께 힘없이 늘어져 있던 다리를 굽히는 게 보였다.

"하아, 하······!"

모아는 그제야 다시 숨을 몰아쉬었다. 그리고 다리에 힘이 풀려 그대로 주저앉고 말았다. 바닥에 엎드려 쓰러질 듯 고개를 숙인 모아의 입에서 진정이 되지 않는 틱이 쏟아져

나왔다. 목이 다 아플 정도였다. 이 정도의 긴장성 발작은 첫 수능 이후 처음이었다. 모아는 이듬해에 재수를 했었다.

"모, 모아야."

모아의 뒤로 다가오는 민석의 발소리가 들렸다. 모아는 오지 말라며 손을 내저었다. 어쩌지도 못하고 우뚝 서 있는 민석을 피해 기듯이 등을 돌린 모아는 속으로 알파벳을 외우며 영단어들을 떠올렸다. 틱이 제어가 되지 않을 때 모아가 하는 습관 중 하나였다.

A는 애플, B는 바나나, C는 캣, D는 도그, E는……

그 와중에도 등 뒤로 쏟아지는 민석의 시선이 고스란히 느껴졌다. 어떻게 보고 있을까. 어떤 표정을 하고 있을까. 얼굴이 벌게져서 속을 게워 내듯이 발작을 토하는 권모아의 모습이 다른 사람들의 눈엔 어떻게 보일까. 그런 생각을 하자 자꾸 머릿속에서 단어가 사라졌다. 이런 순간에는 스치는 시선마저 급소를 찌르는 가시처럼 박혀 왔다.

모아는 단어에 집중하기 위해 다시 고개를 털었다.

I는 아이스크림, J는 주스, K는…… K는, 킹, 그리고 L은…… L은 뭐가 있지.

모아의 머리 위로 그늘이 졌다.

"모아."

호칭 없이 언제나 이름만 간결하게 부르는 익숙한 목소리. 고개를 든 모아는 그 검은 눈동자를 마주하자마자 잊었던 단어를 떠올렸다.

"나 괜찮아요."

L은, 러브.

"모아도 괜찮아요?"

문지기가 모아의 코 밑으로 흘러내린 천을 다시 위로 끌어올려 묶었다. 마음 같아선 모아도 괜찮다고 손을 탈탈 털며 일어나고 싶었지만, 지금은 도저히 말이 나오지 않는 상태였다. 그래서 여전히 진정되지 않는 호흡을 가다듬으며 고개를 젓는 것으로 답을 대신했다.

"저기, 누구세요?"

그때 문지기의 뒤로 다가온 민석이 물었다. 모아는 고개를 푹 숙이며 늘어진 머리칼로 얼굴을 가렸다. 동시에 벌떡 일어난 문지기가 모아를 등 뒤에 가리듯 섰다. 그러곤 자신을 경계하듯 바라보는 민석을 마주했다. 손에는 여왕꽃사슴의 뿔에서 떨어진 붉은 꽃송이를 든 채였다.

"미안한데, 그쪽은 좀 취해 있는 게 좋겠어요."

그 말과 함께 문지기가 민석의 코앞에서 꽃을 흔들었다. 뽀얀 꽃가루가 민석의 콧잔등에 내려앉았다. 곧 민석은 다시 취한 사람처럼 해롱거리기 시작했다. 문지기가 손에 들린 꽃을 저 멀리 던지자 민석도 꽃을 쫓듯 돌아섰다.

문지기는 허리에 묶고 있던 천을 풀어 모아의 머리 위에 덮었다. 그의 곁에서 걸을 때면 은은히 풍기곤 했던 풀 내음이 모아를 흠뻑 감쌌다. 모아는 아늑하고 평온한 동굴을 찾아 잠자리를 준비하는 짐승처럼 지그시 눈을 감았다. 어느새 어깨를 다독이는 조심스러운 손길을 느끼면서 천천히 숨을 들이켰다.

얼마나 흘렀을까. 잠시 뒤 모아의 머리를 덮고 있던 천이 살짝 흘러 내려갔다. 모아의 호흡이 고르게 돌아왔을 즈음이었다. 커튼처럼 벌어진 천 사이로 문지기가 보였다. 숲을 품은 듯 깊은 눈동자가 모아를 가만히 담은 채 속삭였다.

"집에 가요, 우리."

문지기는 여왕꽃사슴을 무사히 별다락으로 돌려보낸 후 다시 집으로 돌아왔다. 이제 용건이 없을 텐데 굳이 다시 돌아온 이유를 모아는 묻지 않았다. 대신 아까 자신의 머리 위를 덮어 주었던 문지기의 옷을 반듯하게 접어 내밀었다.

"이거."

문지기가 늘 입고 다니던 실껍나무 옷을 돌려주며, 모아는 아까 길에서 만났을 때부터 의식하고 있었던 문지기의 새로운 차림을 훑었다.

"못 보던 옷, 옷이네."

"아, 이거⋯⋯."

"잘 어울린다."

품이 조금 큰 반팔 청남방을 입고 있는 문지기가 아직 낯설긴 했지만 썩 이상하진 않았다. 그 옷에서마저 여전히 풀 내음이 났기에.

모아의 칭찬이 어색했는지 문지기의 목덜미가 벌겋게 익어갔다. 그런 솔직하고도 즉각적인 반응을 보고 있으려니 이젠 모른 척도 안 됐다. 저렇게 다 티를 내는데 어떻게 모른 척을 할까.

물끄러미 한곳을 향하던 모아의 손이 쇄골 쪽으로 뒤집어져 들어간 문지기의 남방 깃에 닿았다. 순간 문지기의 어깨가 파드닥 움츠러들었다.

누가 보면 잡아먹으려고 한 줄 알겠네.

"아까 왜 그랬어?"

어깨를 움츠린 그대로 굳어 버린 문지기가 눈동자만 돌려 모아를 봤다. 아무래도 모아의 말뜻을 정확히 알아듣지 못한 듯했다.

"민석이한테 한 것도 그렇고, 흠, 나한테 옷 덮어 준 것도 그렇고."

사실 모아는 집에 돌아오는 내내 그게 궁금했었다. 그때 자신의 모습을 아무도 안 봤으면 좋겠다고 생각하긴 했지만, 정작 그런 자신을 감추어 주던 문지기의 모습에 심장이 쿵 내려앉는 것만 같았었다. 혹시 문지기의 눈에도 자신의 모습이 보기 흉했던 건 아닐까. 자꾸만 그런 생각이 들어서.

"그 남자가 모아를 보는 게 싫어서요."

모아는 문지기의 옷깃을 정리하던 손끝을 멈춘 채 그의 얼굴을 바라봤다. 다른 남자가 권모아를 보는 게 싫었다니, 발칙한 말을 하면서도 여전히 눈을 마주치지 못하고 있는 문지기였다.

"왜 싫었는데? 어차피 민석이는, 으, 아무것도 기억 못 하잖아."

언제나처럼 사람들의 기억은 짙은숲안개로 지워졌고, 민석도 마찬가지였다. 그는 여왕꽃사슴은 물론이고 모아가 보이고 싶지 않았던 모습 같은 건 단 한 장면도 기억하지 못할 터였다. 아마 지금쯤 난데없이 차가 엉켜 어지러워진 도로를 정리하느라 바쁘겠지. 권모아와 어떻게 헤어졌더라 하는 생각 같은 건 아주 나중에나 할 것이다.

"모아가 보이고 싶지 않아 했잖아요."

"……."

"기억을 지우는 건 중요하지 않아요. 그냥 그때 모아 마음이 그랬다는 게 더 중요하지."

"……그러면서 그쪽은, 큼, 다 봤잖아."

순간 말문이 막힌 문지기가 한참 눈을 굴리더니 겨우 내놓은 대답이란 게 이런 거였다.

"……내 기억도 지울까요?"

정말 걱정스레 묻는 말에 모아는 그저 웃어 버리고 말았다. 별로 웃긴 말도 아닌데.

"내가 지우라고 하면 지, 지울 순 있어?"

문지기는 답이 없었다. 먼저 물어봐 놓고선 막상 지우기는 싫다는 뜻인지, 그래선 안 된다는 뜻인지, 애초에 불가능하다는 뜻인지. 모아는 문득 억울해졌다.

"불공평한 것 같아. 훗, 나중에 내 기억은 다 지워질 텐데 그쪽은, 끄, 다 기억할 거잖아. 공평하지 않다고."

모아는 문지기의 앞으로 상체를 살짝 기울였다. 얼굴이 가까워지고, 문지기가 숨을 들이켜는 소리가 조금 크게 들렸다.

"그러니까 나한테, 크, 그쪽 비밀 하나 알려줘."

모아는 제 말이 억울함을 핑계로 앞세운 억지라는 것을 잘 알고 있었지만, 그저 뻔뻔스러운 표정으로 일관했다.

"비밀이요?"

"난 어차피 기억이 지, 지워지잖아. 그러니까 뭐든 알려 줄 수 있는 거 아냐?"

"전 그렇게 대단한 비밀 같은 거 없어요."

"난 모르는 게, 큿, 아직 많은데."

더 정확히는, 듣고 싶은 게 있었다.

"이름이 뭐야?"

이 세계에선 누군가를 만나면 가장 먼저 묻는 말이라고 해도 될 만큼 흔해 빠진 질문이었지만, 문지기는 전혀 예상치 못한 말을 들었다는 듯 당황했다. 어어, 하고 말끝을 흐리는 문지기의 모습에 모아는 이게 그렇게 대답하기 어려운 질문인가 생각했다.

"문지기가 이름은 아, 아닐 거 아냐."

"어…… 사실 다들 그렇게 불러서 그냥 이름이나 다름없는데……."

설마 정말로 이름이 없다는 건가? 생각지 못한 대답이라 이번엔 모아가 조금 당황하고 말았다.

"그래도 여기서 태어났으면 당연히……."

거기까지 말하던 모아의 입이 닫혔다. 생각해 보니 그리 당연한 일이 아닐지도 모르겠다 싶었다. 잘 기억도 안 나는 어린 시절에 이곳을 떠났다고 했고, 태어난 기록조차 남아 있지 않았다고 했으니까. 괜한 걸 물었다는 생각이 들었을 때였다.

"온······."

작게 흘러나온 목소리에 모아는 문지기가 무언가 말을 시작하려는 줄 알았다. 그러나 그는 그게 다라는 듯 희미하게 웃으며 어깨를 으쓱였다.

"그것밖에 기억이 안 나요. 온. 아마 나를 그렇게 불렀던 것 같아요. 그게 이름이었는지, 그냥 되는대로 불렀던 건진 잘 모르겠지만요."

자신의 이름인지 확신조차 할 수 없는 한 글자를 혼자서만 기억하고 있었을 문지기의 마음은 어땠을까. 누군가 그 이름을 물어 주기를 기다렸을까, 아니면 불러 주기를 기다렸을까.

온.

그 한 음절이 모아의 혀끝에서 굴려져 나오려던 참이었다. 부엌 찬장 문이 거칠게 열렸다. 왜인지 다급해 보이는 비늘두더지였다.

「구름매가 왔어!」

그 말을 듣는 순간 문지기의 낯빛이 달라졌다. 들어선 안 될 말을 듣기라도 한 것처럼.

"구름매가 누군데?"

일전에 문지기가 자신이 별다락으로 넘어가게 된 이야기를 할 때에도 들은 적 있는 이름이었다. 문지기는 곤란하다는 듯 그저 짧은 숨을 내쉬었다. 그사이 비늘두더지가 찬장 문을 두드리며 다시 재촉했다.

「빨리 가야 한다고!」

"나중에 얘기해 줄게요."

나중에 언제? 묻기도 전에 문지기는 빠르게 몸을 돌려 버렸다. 찬장 문 안으로 들어서기 직전 고개를 돌린 그와 잠깐 눈이 마주쳤지만, 그뿐이었다.

온.

적막과 함께 집에 남은 모아는 문지기의 앞에서 미처 소리 내지 못했던 한 글자를 입안에서 굴리고 또 굴렸다. 어금니 사이가 조금 달아졌다.

* * *

「설마 구름매가 다 알고 온 건 아니겠지?」

 바쁘게 문지기의 뒤를 따르던 비늘두더지가 불안하다는 듯 중얼댔다. 비늘두더지가 이토록 걱정하는 데엔 그만한 이유가 있었다.

 별다락엔 주인이 없지만, 이 땅을 처음 발견한 존재는 있었다. 바로 구름매. 바깥 세계에 섞여 살던 존재들을 데리고 지금의 별다락으로 이주한 이였다.

 구름매가 별다락을 통솔하는 존재인가 묻는다면 꼭 그렇다고 말하기는 어려웠다. 구름매는 아주 특별한 경우가 아니면 구름 뒤에 숨어 모습을 드러내는 일이 드물었다.

 비늘두더지 역시 별다락에 사는 동안 구름매를 딱 한 번밖에 만나 보지 못했다. 그 한 번이 바로 비늘두더지를 따라 바깥 세계의 인간 아이가 별다락에 들어왔던 그때였다. 그러니까, 그 정도로 별다락의 질서에 크게 어긋나는 일이 발생한 게 아니고선 좀체 만날 수 없는 존재가 구름매란 말이었다.

 그런 구름매가 문지기를 찾아왔다. 무언가 단단히 큰일이 난 게 틀림없었다. 저 어리버리한 문지기가 구름매의 앞에서 허튼소리를 할까 봐도 불안했다. 비늘두더지는 문지기의 다리 사이를 지나 그의 앞을 가로막았다. 하마터면 비늘두더지를 밟을 뻔했던 문지기가 재빨리 다리를 빼며 멈춰 섰다.

「내가 불안해서 하는 말인데, 혹시라도 구름매가 다 알고 왔다고 하면, 그냥 넌 하나도 몰랐던 일이라고 해. 알았지?」

구름매는 별다락에 사는 존재들에게 관대하지만, 그 관대함이 문지기에게까지 적용될지는 알 수 없는 노릇이었다. 애초에 인간인 문지기가 별다락에 지내는 동안 조금이라도 문제가 발생하면 가차 없이 추방하겠단 조건을 내세웠던 것 역시 구름매였으니까.

그런데 이런 중요한 얘기를 하는 와중에 문지기는 다른 곳을 보고 있었다. 비늘두더지가 답답하다는 듯 성을 냈다.

「너 지금 내 얘기 듣고 있…….」

그때 비늘두더지의 머리 위로 거대한 그림자가 드리웠다. 구름처럼 부드러운 순백의 깃털이 바닥에 떨어졌다. 비늘두더지는 침을 꿀꺽 삼키며 고개를 올렸다. 차가운 회색 눈동자와 눈이 마주쳤다.

「구, 구름매.」

「오랜만이구나.」

스산한 목소리에 별다락의 풀들이 파르르 몸을 떨었다. 그가 날개를 한 번 펄럭이자 숲 전체에 바람이 일었다. 곧이어 그의 깃털 사이에서 노란 날개에 새파란 눈들이 다닥다닥 붙은 왕눈나비가 나풀나풀 모습을 드러냈다. 구름매는 자신의 머리 위를 맴도는 왕눈나비를 힐긋 보다가 말했다.

「왕눈나비에게 듣자 하니 요즘 부쩍 이탈자가 많다고 하던데.」

　　구름매의 날카로운 눈이 문지기를 내려다봤다. 비늘두더지는 문지기를 가로막듯 선 채 다급히 입을 열었다.

「구름매, 그게 어떻게 된 일이냐면, 그게 사실 문지기의 잘못이 아니라……!」

"제 잘못이에요."

　　그렇게 애를 쓰던 비늘두더지의 충고와 변명은 문지기의 한마디에 무참히 무너졌다. 비늘두더지는 경악스러운 눈으로 문지기를 돌아봤다. 문지기는 조금 겁을 먹은 표정이었지만 말을 잇는 목소리만은 단단했다.

"제가 실수를 해서 그래요."

「실수라는 건 바로잡아 반복되지 않을 때만 실수라고 부를 수 있는 건데.」

"……조심할게요."

「그래? 그렇다면 너를 지켜보도록 왕눈나비를 이곳에 두고 가도 되겠지?」

문지기는 잠시 머뭇거리다가 이내 고개를 끄덕였다. 그러자 구름매의 머리 위를 날아다니던 왕눈나비가 문지기의 어깨 위로 날아왔다. 지켜보던 비늘두더지는 침을 꼴깍 삼켰다. 당장은 상황을 모면한 것 같았지만, 앞으로 문지기가 어쩌려고 이러는지 모르겠다는 생각을 했다. 불안이 도무지 가시질 않았다.

사라진 오두막

 "이 중엔 네가 찾는 사람이 없는 거지? 미안."

 아무리 생각해도 범민석은 참 착했다. 이런 애가 대한민국의 경찰이라니, 그 덕에 이 나라의 치안이 2퍼센트쯤은 더 좋아졌을 게 분명하다고 권모아는 생각했다.

 "아냐. 나야말로 확실하지도 않은 걸 차, 찾아 달라고 부탁한 건데. 고마워."

 모아는 민석이 가져다 준 사건 자료를 가방에 챙겨 넣었다. 모아가 부탁했던 대로 월녕산에서 큰불이 났던 사고들의 내용을 추린 것이었지만, 아쉽게도 문지기로 볼 만한 아이의 단서는 찾아볼 수 없었다. 크게 기대도 하지 않았지만, 막상 정말로 아무것도 없다고 하니 기분이 조금 이상했다. 분명 모아와 얘기도 하고 만질 수도 있는 존재인데, 이 세계에선 그 사람의 흔적을 단 하나도 찾을 수 없다는 게.

요 며칠만 해도 그랬다. 그날 그렇게 다급하게 사라졌던 문지기는 열흘이 다 되도록 얼굴 한번 비추지 않고 있었다. 그런 문지기가 걱정스러웠다가 신경이 쓰이다가 궁금해졌다가 이윽고 슬슬 짜증이 치밀더니 결국엔 다시 걱정으로 돌아오도록 모아는 그를 찾을 수가 없었다.

찬장 문을 벌컥 열어 볼 생각을 안 한 것도 아니었지만, 함부로 문을 열면 안 된다던 문지기의 말이 떠올라 차마 그러지는 못했다. 대체 그 문 너머에서 무슨 일을 하고 있는 건지 끊임없이 생각만 할 뿐.

심각해진 모아의 표정을 살피던 민석이 내가 사건을 조금 더 찾아볼 걸 그랬나, 중얼댔다. 그제야 다시 그와의 대화로 돌아온 모아는 정말 괜찮다며 고개를 저었다. 자신의 일도 아닌데 그렇게까지 생각해 주는 게 고마웠다. 심지어 자료를 주겠다며 만나자더니 밥도 커피도 모두 민석이 샀다. 정작 밥을 사야 하는 건 권모아인데도.

"근데 너 그날은 잘 들어갔어?"

식은 커피잔을 달그락거리던 모아가 고개를 들었다. 그날이라니, 그게 언제인가 싶어 빤히 보고만 있었더니 민석이 다시 말을 이었다.

"그날 말이야. 너 경찰서 왔던 날."

"아."

그러고 보니 범민석도 여왕꽃사슴 사건 이후 처음 만나는 거였구나. 모아는 새삼스럽게 깨달으며 고개를 끄덕였다.

"어, 잘 들어갔어. 갑자기, 오, 왜?"

"내가 요즘 바빠서 정신이 없나 봐. 왜 이렇게 기억이 오락가락하지."

당연하게도 민석은 그날의 일을 기억하지 못했다. 파출소에서 모아를 만나고 대화를 나눈 것까진 기억하는데, 이후 기억이 가물가물하다는 것이었다. 그사이 많은 일이 있긴 했지만, 모아는 모르는 척 눈을 돌렸다.

"우리 그냥 인사하고 헤, 헤어졌어. 너 그때 그 노래자랑 통솔하러, 흠, 갔었잖아."

"아, 맞아. 그날 사고까지 있어서 진짜 정신이 없긴 했다. 요즘 종종 이래. 나도 내가 뭐에 홀린 것 같다니까."

보약이라도 지어 먹어야 하나, 농담처럼 말하며 웃는 민석의 모습에 모아는 별 효과는 없을 거라며 돈 아끼라는 말밖에 해 줄 수 없었다. 비싼 보약을 달여 먹어 봐야, 모아의 집 찬장에 별다락과 이어지는 문이 열려 있는 한 민석이 홀린 듯 기억을 잃는 일은 얼마든지 더 생길 수도 있었다. 그러지 않으려면 역시 그 문이 닫혀야겠지만, 아직은 문지기도 방법을 찾지 못한 듯했다.

아니, 어쩌면 문을 닫은 방법을 찾은 건 아닐까? 그래서 바깥 세계에 나오지 않나? 설마 말도 안 하고 문을 닫아 버린 건 아니겠지?

거기까지 생각하던 권모아는 아직 자신의 머릿속에 문지기의 기억이 남아 있다는 사실에 안심했다. 별다락의 문이 닫혔다면, 그가 모아에게 자신의 기억을 남겨 두고 갔을 리가 없으니까.

안도감 뒤로, 모아는 자신이 또 문지기를 생각하고 있다는 걸 깨달았다. 요즘 하루가 계속 이런 식이었다. 집에서 청소를 하다가도 자꾸 찬장을 돌아보고, 외출을 해도 빛결나무 가지가 빛나고 있진 않은지 수시로 확인하고, 아무 일도 없는 평온한 하루에 실망하고. 참 이상한 일이었다. 모아가 그토록 바랐던 평화로운 일상인데, 평화를 깨뜨리며 문을 열고 나올 사람을 기다리고 있다니.

모아는 잔에 남은 커피를 단번에 들이켰다.

"그만 일어날까?"

"데려다줄게."

"아냐, 버, 웃, 버스 타면 금방인데."

"내 차로 가면 더 금방이야."

"됐습니다, 범 경장님. 시민 편의, 흐, 그만 챙기셔도 됩니다."

"그런 거 아닌데."

자리에서 일어나려던 모아가 동작을 멈췄다. 고개를 돌려 바라본 민석의 귀 끝이 조금 붉어 보였다.

"내가 데려다주고 싶어서 그래."

그렇게 말하는 얼굴이 오래전의 앳된 얼굴과 겹쳤다. 권모아의 부러진 연필심에 눈두덩을 맞고 웃어 버렸던 범민석의 귀가 그때도 저렇게 터질 듯 붉었던 것 같은데.

"넌 예나 지금이나 나, 나한테 참 잘해 주더라."

모아는 다시 자리에 엉덩이를 붙이고 앉으며 말했다.

"다른 애들은 나한테, 훗, 말도 안 걸 때도 너만 말 시, 시켰잖아. 난 처음엔 네가 반장이라 그런가, 흐, 했거든."

"그, 그랬던 거 아냐."

"알아. 넌 그냥 원래 그런 애였지. 큼, 그러니까 나도 네가 좋았을 거고."

그때는 차마 말하기 힘들었던 어릴 때 일을 이제 와 얘기하고 있자니 괜히 웃음이 나왔다. 쑥스럽기도 했지만 새삼 그때의 우리가 참 사랑스러웠다는 생각이 들어서. 좋아했다는 말조차 어울리지 않던 순수한 마음이라.

"……지금은?"

그렇게 되묻는 민석의 표정이 사뭇 진지했다. 모아는 입가에 걸려 있던 미소를 조심스레 지웠다.

"넌 지금도 좋은 애지. 으, 여전히 나한테서 좋은 점을 먼저 보고, 느, 나도 모르던 장점을 알아봐 주고."

민석은 그런 애였다. 누구나 좋아할 수밖에 없는, 악의를 모르는.

"예전에 네가 나 글씨 잘 쓴다고 해서, 흠, 처음으로 애들이랑 조별 과제도 같이 했었잖아. 그때 내가 발, 발표 자료 쓰는 거 맡았었고."

처음으로 참여해 본 조별 과제였다. 구색으로 이름만 끼어 있는 게 아니라 제대로 된 역할을 맡은 활동은 그게 처음이었다. 모아를 소외시키지 않으려 했던 범민석의 역할이 컸고, 모아 역시 그 점이 고마웠지만, 무사히 조별 발표를 마치고 집으로 돌아가던 날 모아는 왜인지 조금 울고 말았다.

"근데 그거 알아? 훗, 사실 나 그때, 으, 발표가 더 하고 싶었거든."

그때 주제가 뭐였더라. 멸종 위기 동물을 지키는 방법에 관한 것이었나. 다른 건 몰라도 그 주제만큼은 누구보다 모아가 잘 이야기할 자신이 있었다. 하지만 누구도 모아에게 발표를 하고 싶으냐고 묻지 않았다. 민석조차 그랬다. 분명 배려였을 테고, 발표를 권했어도 도중에 모아가 먼저 포기했을지 모르지만, 포기할 선택권조차 주어지지 않는 것과는 달랐다. 어린 마음에 서러움이 오래 남은 날이었다.

"아, 나는 그러려고 그런 게 아니라……."

뜻밖의 말에 민석이 당황한 듯 빠르게 눈을 끔뻑였다. 하지만 모아는 민석을 당황시키려고 이 얘기를 꺼낸 게 아니었다. 뒤늦게 원망을 하려던 것도 아니었다. 이젠 그런 일이 있었다는 기억만 있을 뿐, 그때 느꼈던 감정조차 잘 떠오르지 않았다.

"넌 평소처럼, 흠, 내가 잘하는 걸 먼저 봐줬을 뿐이라는 거 알아. 그래서 네, 네가 나한테 좋은 친구인 거고."

친구. 그렇게 선을 긋는 모아의 말에 실망한 기색이 역력한 민석을 바라보며, 권모아는 미안하게도 다른 남자의 얼굴을 떠올리고 있었다. 연락도 안 되고 모아를 매일 기다리게만 하면서, 정작 만나면 권모아가 세상의 전부인 것처럼 바라보던 남자의 꽉 찬 눈동자를.

"근데 나는 그냥 나를, 으, 예쁘게 봐주는 사람이 좋은 것 같아."

권모아가 아무리 괴상한 소리를 내도 그저 그 목소리가 예쁘다고 말했던 남자를, 모아는 지금 당장 다시 보고 싶어졌다. 정말로 지금이 아니면 안 됐다.

※ ※ ※

종이에 프린트된 사진과 풍경을 비교하던 모아의 입에서 한숨이 샜다. 벌써 너덜너덜해진 종이 한 장을 들고 월녕산을 대체 몇 바퀴나 돌고 있는 건지 모르겠다. 아마 지금 이 자리도 처음 온 게 아닐 것이다.

"여기 어디인 것 같긴 한데."

민석에게 받았던 자료에서 문지기로 추정되는 어린아이의 단서는 찾을 수 없었지만, 외지인 둘이 월녕산의 오두막에 불을 지르고 자살한 사건에 대해선 확인할 수 있었다.

지금으로부터 26년 전의 일이었다. 다행히 불이 크게 번지진 않았지만 조용한 동네에서 외지인이 둘씩이나 죽어 나간 게 그리 흔한 일은 아니라 당시 마을이 꽤 뒤숭숭했던 모양이었다. 정작 권모아는 전혀 기억이 없었다. 너무 어릴 때였으니 당연하겠지만, 권모아가 월녕 마을에 살던 그때 문지기 또한 이곳에 있었을지도 모른다는 사실에 기분이 이상했다.

어쩌면 스치듯 만날 수도 있었다. 오지랖 넓은 최정애 여사가 월녕산을 찾은 낯선 외지인들을 집으로 데리고 와 따뜻한 밥을 지어 먹일 수도 있었고, 모아와 비슷한 또래의 남자아이를 나란히 눕힌 채 육아의 고충 따위나 떠들며 시간을 보냈을 수도 있었고, 그럼 그날 밤엔 아무런 일이 일어나지 않았을지도 몰랐다. 물론 의미 없는 가정이었지만.

모아는 들고 있던 종이에 적힌 글을 다시 내려다봤다. 사망자 정보엔 눈에 띄는 내용이 없었다. 가족이 없는 두 남녀는 사실혼 관계였고, 오랫동안 지방을 떠돌며 달방 생활을 했고, 이렇다 할 직업이 없었다는 내용 정도가 다였다. 그들에게 출생 신고를 하지 않은 아이가 있었다고 해도 그렇구나, 하고 고개를 끄덕일 것만 같았다.

모아는 착잡한 심정으로 다시 고개를 들었다. 곧 해가 질 텐데. 모아는 지나쳐 왔던 길을 한 번만 더 자세히 살펴볼 심산으로 몸을 돌렸다.

그때 무성하게 자란 수풀 사이에서 무언가 반짝 빛을 냈다. 모아가 고개를 움직일 때마다 물방울처럼 은은한 광채가 비쳤다가 사라지길 반복했다.

모아는 반사적으로 자신의 가방에 매달린 빛결나무 가지

를 확인했다. 가지 끝에 몇 개 남지 않은 잎이 푸르게 빛났다.

　이럴 때는 함부로 다가가지 말고 문지기를 찾으라고 했었는데. 그런데 며칠째 얼굴도 내비치지 않는 문지기를 무슨 수로 찾는단 말인가.

　그런 생각을 하며 모아는 저도 모르게 수풀 사이로 손을 뻗었다. 커다란 풀잎을 살짝 걷어 올리자 투명한 물막 같은 벽이 가물거렸다. 손끝이 닿으면 시원한 느낌이 들 것만 같았다. 모아의 손이 점점 더 막에 가까워지던 그 순간, 손목이 덥석 붙잡혔다.

　"으악!"

　비명과 함께 펄쩍 뛰며 고개를 돌린 곳에 문지기의 얼굴이 보였다. 그토록 보고 싶었던 그가 권모아만큼이나 놀란 표정을 하고 서 있었다.

　"여기서 뭐 해요?"

　"그러는 그, 그쪽은 여기서 뭐 해?"

　며칠씩이나 얼굴 한번 보여주지 않다가 이런 순간에나 귀신같이 나타나다니. 모아는 앞으로 문지기를 만나려면 산을 헤매고 다녀야 하나, 쓸데없는 생각을 했다.

　"저야 여기 문을 확인하러……."

　말을 멈춘 문지기가 재빨리 수풀을 내려 문을 가렸다. 그리고 모아가 문에서 조금 떨어져 설 수 있도록 몸을 앞으로 움직이며 막아섰다. 뭔가 감추려는 것 같기도 했고, 불안해 보이기도 했다.

"일단 내려가요. 데려다줄게요."

"자, 잠깐만."

모아는 걸음을 옮기려는 문지기의 손을 붙잡은 채 버티고 섰다.

"아직, 흐, 못 내려가."

"왜요?"

"찾는 게 있어서."

"여기서요? 뭘요? 뭐 잃어버렸어요?"

뭔가를 잃어버린 사람은 모아가 아니라 문지기였다. 모아는 손에 쥐고 있던 종이를 슬며시 내보였다. 문지기의 시선이 그 종이에 머물렀다.

"이건 뭐예요?"

모아는 마른 입술을 한번 축이며 말했다.

"그쪽이 말했던 그 오두막. 으, 네가 마지막으로 있었다던 곳."

"……."

"여기를 찾으면 너에 대해 뭐라도 좀 더 알 수 있지 않을까 해서."

그러면 문지기가 더는 이 세계와 아주 연관이 없는 사람은 아니게 될 것 같아서. 권모아의 세계와 조금 더 가까운, 어쩌면 같은 세계의 사람이 될지도 모르니까.

그런 모아의 생각을 아는지 모르는지, 문지기는 그저 검게 그을린 오두막 사진만 바라보고 있었다. 굳은 얼굴에선 표정이 읽히지 않았다. 생각에 잠긴 건지 화가 난 건지 구분되지 않아 모아는 괜히 마음이 초조해졌다.

"아직 못 찾긴 했는데, 그, 그래도 여기 어디 근처인 것 같긴, 흣, 하거든."

"……."

"같이 찾으면, 큼, 금방 찾을 것 같기도 한데……."

"……."

"……뭐라고 말 좀 해 봐. 흐, 차라리 화를 내든가."

퉁명스럽게 나간 말에 문지기가 그제야 다시 고개를 올려 모아를 봤다.

"이 오두막 이제 여기 없어요."

"어?"

"나도 한번 찾아와 봤었거든요. 근데 그 사고 뒤에 없어졌어요."

힘이 빠져 어깨가 내려갔다. 생각해 보면 당연한 말이었다. 애초에 주인 없는 오두막에서 그런 사건이 있었는데 마을에서든 군청에서든 그걸 가만히 뒀을 리가 없었다. 재발 방지를 위해서라도 없애는 게 당연했겠지. 왜 진작 생각하지 못했을까 싶었다. 문지기가 자신보다 먼저 그곳을 찾아봤을 거란 예상을 하지 못한 것도.

"그리고 내가 왜 화를 내겠어요."

문지기의 입꼬리에 옅은 미소가 걸렸다. 늘 그렇듯 투명하게 맑고, 숨기는 게 하나도 없어서 도리어 더 아득하게 느껴지는 눈동자에 모아를 담은 채.

"오히려 고맙다고 해야겠죠. 날 위해 찾고 있었던 거잖아요."

권모아는 문지기의 이런 면이 좋았다. 잔뜩 꼬인 권모아가 잔뜩 꼬아 내뱉은 말을 해도 속마음을 들여다볼 줄 알았고, 어렵게 에두를 수 있는 말에도 항상 솔직했다. 서툴고 투박한 만큼 말에 담긴 마음이 더 선명하게 보이는 사람.

어쩌면 그게 문지기가 가진 가장 강력한 무기이자 능력일지도 모른다는 생각이 들었다. 결국 닫힌 문을 열게 하는 건 조용히 두드리는 노크일 테니까.

"그래도 나 하나는 차, 찾았어."

이번엔 모아가 문지기의 손을 덥석 붙잡았다. 그리고 그의 손가락으로 자신이 들고 있던 종이를 짚었다. 문지기의 손끝이 어떤 글자들을 가리켰으나, 정작 문지기는 그 글자가 아니라 자신의 손가락을 감싼 모아의 손만 빤히 보고 있었다. 모아는 그제야 그가 글을 모를 수도 있겠구나, 라는 생각을 했다.

"이거 봐 봐."

문지기를 끌어 바닥에 쪼그려 앉은 모아는 굴러다니는 나뭇가지 하나를 주워 들었다. 그리고 흙바닥 위에 글자를 새겼다.

"이게 뭐예요?"

"네 아버지 이름."

채중원.

"이건, 흠, 네 어머니 이름."

성은혜.

"그리고 이건……."

모아는 마지막 글자를 새길 때는 조금 더 힘을 주어 꾹 눌러 썼다.

"네 이름."

문지기의 고개가 갸웃 기울었다. 마치 그림을 감상하는

듯이 가늘어진 눈매에 모아는 다시 한 번 글자를 한 획씩 덧그렸다.

"채, 온."

낯선 글자를 발음하는 모아의 목소리가 깊게 울렸다. 문지기는 조용히 입술을 달싹이며 그 말을 따라해 봤다.

"채, 온."

"응. 따뜻, 흐, 따뜻한 이름이지?"

잘 모르겠다. 문지기는 여전히 생소하기만 했다. 그게 자신의 이름이라는 것도, 그 이름으로 자신을 부르는 것도.

그러자 모아가 문지기의 손등을 톡톡 치더니 다시 땅 위의 글씨를 가리켰다.

"봐 봐."

모음 'ㅐ'의 가운데 작대기를 조금 더 길게 그은 모아가 글자 하나하나를 짚었다.

"체온. 이거 무슨 말인지 알아?"

문지기가 대답을 머뭇거리자 모아가 그런 문지기의 손을 덥석 붙잡았다.

"우리가 이렇게 손을 잡았을 때, 큼, 느껴지는 네 몸의 온도. 그쪽 이, 이름이랑 비슷하잖아."

그런가 싶으면서도, 문지기는 자신의 이름과 모아가 알

려 준 그 단어의 모양을 제대로 비교할 정신이 없었다. 신경이 온통 맞잡은 손으로 쏠린 탓이었다.

"사람들은 이름을 지을 때, 흑, 이름에 그 사람을 생각하는 마음을 담, 담아. 우리 엄마는 내, 내 이름을 지을 때 세상에서 가장, 큼, 큰 새의 이름에서 따왔어."

모아를 가졌을 때 타조보다 훨씬 커다란 새가 날아와 품에 안기는 태몽을 꿨다던 최정애 여사는 도서관에서 조류도감을 빌려 세상에서 가장 큰 새에 대해 찾아봤다. 그렇게 알게 된 게 바로 모아새였다. 키가 나무만큼 높고 몸집은 말만큼 컸다는 설명과 함께 인쇄된 흐릿한 그림은 엄마의 꿈에 나온 그 새와 똑 닮아 보였다. 그렇게 모아의 이름이 지어진 거였다.

"내가 새처럼 자유롭게 날아다니며, 흠, 한계 없이 살라고 지은 이름이래. 근데 알고 보니까 모아새는 날, 날개가 없어서 멸종된 새였던 거야."

최정애 여사는 그 사실을 중학생이 된 모아의 입을 통해서 처음 들었다. 그리고 자신이 조류도감에 나온 모아새 페이지를 다음 장까지 읽어 봤더라면, 인쇄된 그림이 조금만 더 선명했더라면 미리 알았을 것이라며 분통을 터뜨렸다. 지금에야 그냥 지나간 일처럼 얘기하지만, 그때의 최정애 여사에게는 모아의 개명을 고려할 정도로 꽤 심각했던 문제였다.

"근데 난, 홋, 내 이름 좋아. 멋있잖아."

날개가 없는 대신 강력한 다리 근육을 가졌던 모아새는 그 어떤 새보다 오래 걸을 수 있었다. 아마 가장 많은 풀을 밟아 본 새였을 것이다. 다른 새들은 보지 못했을 바위틈의 작은 풀꽃을 보았을 테고, 매 순간 달라지는 땅의 냄새를 기억했을 것이다. 그러니 날지 못하는 것이 모아새의 한계였다고 말할 수는 없는 것이다. 모아에게 틱이 그러하듯이.

"그러니까, 네 부모님도 네가 이 세계에서 그렇게 쉽게 지워지길 바란 건 아니었을 거라고. 그런 애한테 이렇게 따뜻한 이름을 지어 줬을 리가 없거든."

끝내 함께 삶을 포기하려고 했을지라도, 같이 살던 동안은 따뜻하기를 바랐을 것이란 모아의 말을 들으며 문지기는 다시 입안에서 제 이름을 굴려 보았다.

채온.

이질적으로 느껴지던 단어에서 비로소 모아가 말한 따뜻함이라는 게 조금 느껴지는 것도 같았다. 과연 그 온기가 얼굴조차 기억나지 않는 부모가 남겨 주고 간 것인지는 잘 모르겠지만, 아무래도 상관없다는 생각이 들었다. 어떻게 든 자신에게 그걸 알려 주려 애쓰는 모아의 마음만은 맞닿은 체온으로 전해졌으니까. 그것으로 충분히 따스했으니까.

모아를 물끄러미 보던 문지기가 천천히 몸을 기울였다. 무거운 공기를 밀어내며 다가오듯이 아주 느리게.

일순 숲이 숨을 죽였다. 모아는 가까워지는 문지기의 얼굴을 피하지 않고 바라봤다. 가지런한 속눈썹이 아래를 향한 채 떨렸다.

누가 먼저 눈을 감았는지는 잘 모르겠다.

살짝 벌어진 입술 새로 미지근한 숨이 밀려 들어오고, 옅은 풀 내음이 풍겼을 때, 이윽고 말캉한 입술이 닿았다.

사람의 체온은 맞닿았을 때 더 뜨거워지는구나.

입맞춤이라기보단, 차라리 체온을 나누는 일에 더 가까웠다. 모아는 자신에게 전해지는 온기를, 그 떨림을 깊게 삼켰다.

그런 두 사람의 뒤에서 풀잎 하나가 바람에 밀려 떨어진 것은 아무도 알아차리지 못했다. 풀잎이 떨어진 자리에 일렁이는 문 뒤로 팔랑팔랑 날아다니는 왕눈나비의 존재도.

※ ※ ※

구름매의 숲이 자리한 곳은 별다락의 하늘 끝, 아득히 높은 산자락 위였다.

홀로 숲을 거느리듯 서 있는 거대한 나무의 무성한 가지 끝에 구름매가 앉아 있었다. 달빛을 받아 반짝이는 날개를 접은 채 아래를 내려다보는 회색빛 눈동자에 비늘두더지는 파르르 몸을 떨었다.

굵은 나무뿌리 사이에 잔뜩 긴장한 채 웅크리고 있는 비늘두더지를 바라보던 구름매가 살짝 눈을 돌렸다. 그러자 왕눈나비가 노란 날개를 살랑이며 날아왔다. 왕눈나비는 구름매의 귓가에 무언가를 속삭이듯 오랫동안 주변을 배회했다.

「문을 볼 수 있는 인간이 있다고?」

반문하는 구름매의 목소리는 낮고 단단했다. 그의 시선이 다시 아래를 향했다. 비늘털로 뒤덮인 작은 몸이 움찔 떨리는 게 보였다.

「비늘두더지. 이 말이 사실인가?」

「그, 그게…….」

비늘두더지의 목소리가 갈라졌다. 짧은 순간 그의 작은

머리통에 많은 생각이 스쳐 갔다. 모든 걸 사실대로 털어놓고 빨리 상황을 수습하는 게 나을지, 적당한 거짓말을 섞어 문지기에게 면죄부를 주는 게 좋을지, 아니면 그냥 입을 다물고 있는 게 나을지.

비늘두더지가 생각을 다 마치기도 전에 구름매가 거대한 날개를 펼쳤다.

「아니, 내가 직접 알아보는 게 낫겠군.」

매서운 바람이 일었다. 그저 날개만 펼쳤을 뿐인데 숲 전체가 뒤흔들렸다.

「내 실수는 내가 바로잡아야지.」

구름매가 날개를 퍼덕이자 숲 위로 짙은 그림자가 드리웠다. 거대한 날갯짓에 구름이 밀려나고, 이내 어두운 밤하늘 속으로 구름매의 모습이 스며들듯 사라졌다.

짙은숲안개 주의보

"웃차, 짐은 이게 다지?"

트럭에서 묵직한 가방을 내린 최 씨가 손을 탁탁 털며 묻는 말에 모아는 고개를 끄덕였다.

"와 주셔서 감, 감사합니다."

"아이, 감사는 뭘. 내가 부탁할 거 있으면 언제든 부르라고 했잖여."

모아의 전화를 받고 한달음에 축사 트럭을 끌고 달려와 준 것은 물론, 거동이 불편한 강은주의 어머니가 차에서 타고 내리는 것도 도와준 최 씨였다. 그동안 최 씨의 가벼운 입과 오지랖 때문에 온 마을에 아픈 동물 치료해 주고 돈도 안 받는 수의사라는 소문이 퍼져 피곤해졌던 권모아였지만, 이번만큼은 최 씨의 오지랖이 진심으로 감사했다.

그건 강은주도 마찬가지였는지 최 씨의 앞에서 꾸벅 허리를 숙여 보였다. 아마 오늘 일로 강은주도 오며 가며 최 씨를 마주칠 때마다 어머님은 잘 지내시냐는 질문을 받게 되겠지만, 얼굴을 터놓고 지내는 게 그리 나쁘지만은 않을 것이다. 권모아의 경험상 최 씨가 확실히 조금 피곤한 타입이긴 하지만 말이다.

"들어가자."

기름 값이라도 주려는 모아의 손을 한사코 거절한 최 씨가 쿨하게 떠난 뒤, 모아는 강은주의 어머니가 앉은 휠체어를 끌었다.

은주 어머니의 요양 시설 입소가 결정된 것은 엊그제였다. 담당 복지사를 통해 국가 지원을 받아 무료로 입소할 수 있는 시설을 찾은 것이었다.

"언니."

간단한 입소 절차를 밟고 생활실에 들어와 짐을 정리하던 모아가 고개를 돌렸다.

"도와주셔서 감사합니다."

은주는 아까 최 씨에게 했던 것처럼 꾸벅 허리를 숙이며 인사했다. 첫 만남에 아줌마 뭐 되냐고 따져 묻던 맹랑한 사춘기 소녀라곤 믿기 힘든 태도에 모아가 다 어색해졌다.

"내가 뭘, 흠, 한 게 있다고."

요양 시설 입소 제안을 받았을 때, 은주는 꽤 오래 고민했다. 엄마와 떨어져 혼자 살게 되는 것도, 엄마를 혼자 시설에 보내는 것도 아직 어린 은주에겐 쉽지 않은 결정이었을 것이다. 누구의 도움이 있었든, 결국 굳게 마음을 먹고 결정을 내린 것은 온전히 강은주의 힘이었다.

"예전에 언니가 저한테 해 준 말이요. 엄마가 웃는 걸 보고 싶으면 제가 먼저 웃을 줄도 알아야 한다고 했던 거. 그게 꼭 제 마음을 다 읽은 말 같았거든요. 수의사라서 그런가."

"그거랑 내가, 흐, 수의사인 거랑 뭔 상관이냐."

별로 대단한 말도 아니었는데 그걸 특별히 기억하고 있다는 은주의 말이 영 낯간지러워서 모아는 퉁명스레 되물었다. 은주는 어깨를 으쓱이며 답했다.

"왜요, 동물들은 말을 못 하잖아요. 좋은 수의사일수록 말 못 하는 동물들의 마음을 잘 아는 거 아녜요?"

그야 그렇긴 하지만.

"나도 언니 같은 수의사나 될까 봐요."

은주가 어머니의 외출복으로 챙겨 온 개나리색 블라우스를 개인 사물함에 개어 넣으며 말했다. 흘러가듯이 가벼운 말에 불과했으나, 그 사소한 말이 예상치 못하게 모아의 동작에 브레이크를 걸었다.

나도 누군가에게 닮고 싶은 존재가 될 수 있다.

권모아 인생에 단 한 번도 생각해 보지 않았던 명제였다.

"아. 근데 수의사 하려면 공부 잘해야 하죠?"

말이 없는 모아를 돌아본 은주가 살짝 인상을 찌푸리며 중얼댔다.

"지금부터 시작하면 좀 늦나? 나 이제 고2인데."

"……이제 겨우 17년밖에 안 산 게 늦긴 뭐가 늦어. 네 나이 때는 뭘 시작해도 빠른 거야."

모아는 살짝 떨리는 목소리를 감추려 괜히 심드렁하게 답했다. 강은주는 그런가, 하고 고개를 끄덕이며 다시 옷을 정리하기 시작했다. 모아는 어쩐지 숨이 가쁜 사람처럼 어깨를 들썩이며 몸을 돌렸다.

"나 편의, 훗, 편의점 좀 다녀올, 올게."

자리를 피하듯 병실을 나선 모아는 빠르게 복도를 지났다. 자꾸 코가 시큰해지려는 자신이 주책맞다는 생각이 들었다.

나온 김에 정말로 편의점에 가서 간식과 음료라도 사 와야겠다. 그렇게 생각한 모아가 계단을 이용해 밖으로 나왔을 때였다.

"……음?"

요양 시설 바깥의 풍경이 낯설었다. 거의 건물 높이와 맞먹을 만큼 자란 나무와 모아의 키만 한 풀, 바람에 흔들릴 때마다 오묘하게 색이 변하는 꽃, 이대로 숲으로 이어질 듯한 산길은 아까 보았던 시설 입구 풍경과는 확실히 달랐다. 그리고 가장 이상한 것은,

"저게 왜 여기 있지?"

문지기가 주었던 빛결나무의 가지가 모아의 눈앞에 있었다. 짧게 꺾은 나뭇가지의 형태가 아니라, 바닥에 뿌리를 내린 온전한 나무의 모습으로. 잎사귀의 푸른빛은 모아가 들고 다니던 것보다 훨씬 더 선명했다.

지금 대체 어디에 있는 걸까.

놀란 모아가 빠르게 돌아섰다. 그런데 조금 전 모아가 나왔던 건물이 사라지고 보이지 않았다.

지금까지 말도 안 되는 일을 숱하게 겪어 왔다고 생각했는데, 더 말도 안 되는 일을 또 겪게 될 줄은 몰랐다. 추측이 맞다면 여긴 모아의 세계가 아니었다. 문지기가 그렇게 말하던 잊힌 자들의 땅, 바로 별다락이었다.

또 새로운 문이 생긴 걸까? 모아가 그 문을 연 것도 모자라 안으로 들어오기까지 한 걸까?

모아는 일단 돌아갈 길을 찾기 위해 다급히 걸음을 옮겼다. 이곳에 들어왔다는 건 열린 문을 통과했다는 말이니까 문을 찾아 다시 나가면 될 것이다. 물론 말이 쉽지, 문을 어디서 찾아야 할지는 모아도 알지 못했다.

설마 여기에 계속 갇히는 건 아니겠지. 이럴 줄 알았으면 문지기의 집 주소라도 알아 둘 걸 그랬다는 생각이 들었다. 이 세계에도 집 주소라는 게 있는지 모르겠고, 또 주소를 들었다 한들 찾아갈 수나 있는지도 모르지만, 그래도 마음의 위안이라도 됐겠지.

바스락.

그때 멀지 않은 곳에서 기척이 들려왔다. 낯선 세계에서 뒤를 쫓는 기척이라니. 모아는 어깨를 잔뜩 움츠린 채 고개를 돌렸다.

수풀을 헤치며 모습을 드러낸 것은 비늘두더지였다. 모아를 본 비늘두더지의 눈이 당황스러움으로 커졌다.

「이, 인간 네가 왜 여기에 있어?」

모아야말로 그걸 묻고 싶었다. 자신이 대체 왜 여기 있는 거냐고. 그러나 비늘두더지는 모아가 뭐라 말할 새도 없이 다급히 모아의 바짓자락을 잡아끌었다.

「빠, 빨리 나가! 빨리 나가라고!」

"자, 잠깐, 나도 들어오고 싶어서, 웃, 들어온 게 아니라……!"

「가뜩이나 구름매가 돌아다니고 있는데 인간까지 별다락에 들어와?! 이걸 들키면 문지기한테 진짜 큰일이 날지도 모른다고!」

"큰일?"

그 말에 모아가 걸음을 멈췄다. 비늘두더지는 여전히 모아를 잡아끌어댔지만 역부족이었다.

"큰일이 난다는 게, 흠, 무슨 말이야?"

모아의 신발 끝을 이로 깨물기도 하고, 바짓자락이 발톱에 찢길 만큼 힘을 주기도 하던 비늘두더지가 결국 식식 거친 숨을 몰아쉬며 모아를 올려다봤다.

「그걸 몰라서 묻는 거야?」

"모르니까 묻잖아. 웃, 문지기한테 무슨 큰일이……."

「우리는 인간들을 피해 별다락에 모여 사는 거라고 말했잖아. 그런데 인간인 문지기가 어떻게 이곳에 살 수 있었을 것 같아?」

문지기는 모아에게 바깥 세계에 자신과 관련된 기억이 남아 있지 않았기 때문에 별다락으로 들어갈 수 있었던 거라고만 했다. 비늘두더지는 문지기가 그런 말까지 했느냐며

기가 차 하다가, 그게 중요한 게 아니라는 듯 말을 이었다.

「그래! 하여간 그 말은 결국 그 애가 별다락에 살아도 우리 세계가 위험해질 일은 없었단 뜻이야. 그런데 지금 문지기 때문에 별다락의 질서가 무너지고 있어. 아니, 따지고 보면 문지기가 아니라 너 때문인 거지만!」

"나 때문이라고?"

「구름매는 그런 것 따위 이해해 주지 않을 거라고! 그는 별다락의 수호자니까. 그런데 또 다른 인간인 너까지 별다락에 들어온 게 알려지면……!」

그때 다시 한 번 바스락거리며 풀이 밟히는 소리가 났다. 그리고 이번에야말로 모아가 그토록 기다리던 문지기가 나타났다. 숨을 헐떡이며 나타난 문지기가 모아의 손을 잡아 끌었다. 그는 쫓기는 사람처럼 다급해 보였다.

"나, 나가야 해요."

"잠깐……!"

모아는 묻고 싶은 말이 많았다. 자신이 어쩌다 이 세계에 들어오게 된 건지, 별다락은 월넝산 뒤편에 숨겨진 세계라면서 왜 자꾸 이렇게 문이 생기고 열리는 건지, 그리고 이 일로 인해 문지기에게 닥칠지도 모르는 '큰일'이라는 게 대체 뭔지.

그러나 문지기는 그런 걸 물을 새도 없이 모아가 나갈 수 있는 문을 찾아 달렸다. 거센 바람이 불었다. 꼭 태풍의 안을 지나가는 것만 같았다. 그러다가 마침내 멈춰 선 문지기가 넝쿨처럼 늘어진 나무줄기 사이를 걷어내자 문이 나타났다. 문지기는 그 문을 열며 모아를 돌아봤다.

"어서 나가요."

모아는 문지기에게 밖으로 밀려나기 직전, 손으로 나무줄기를 턱 붙잡았다. 그리고 제 등을 미는 문지기의 손을 뿌리치며 그를 돌아봤다.

"너 무슨 일 있어?"

"……."

"비늘두더지가 너한테 큰일이, 으, 생길지도 모른다는데 그게 뭐야? 구름매는 또 누구고?"

그때 다시 강한 바람이 불었다. 그 순간 문지기가 모아의 어깨를 확 밀쳤다. 붙잡고 있던 나무줄기를 놓친 모아는 그대로 밖으로 밀려나 버렸다. 발을 헛디디며 넘어질 뻔한 모아를 보고 무심코 손을 뻗었던 문지기는 이내 주먹을 꽉 쥐며 손을 거뒀다.

"미안해요."

작은 목소리가 이내 닫힌 문 너머로 사라졌다. 모아가 다시 그 문을 밀어 봤지만 문은 열리지 않았다. 아니, 건물의 출입문이 열렸을 뿐 별다락으로 통하는 문이 열리지 않았다. 모아는 다시 제 눈앞에 나타난 요양 시설을 멍하니 봤다.

"언니!"

등 뒤에서 은주의 목소리가 들렸다. 은주는 편의점에 다녀오겠다더니 빈손으로 로비에 덩그러니 서 있는 모아를 향해 빠르게 달려왔다.

"편의점 못 찾았어요? 저기 후문 쪽에 있다고 했는데."

"……어, 문을 못, 못 찾겠더라."

코앞에 문을 두고도 문을 못 찾겠다는 모아의 말을 은주는 이해하지 못했다.

* * *

바깥 세계와 맞닿은 문에 가까워질수록 구름매의 콧속에 비릿한 흙냄새가 흘러 들어왔다.

구름매는 그 냄새를 싫어했다. 인간의 손끝에서 나는 비린내를 닮아서였다. 처음은 따스하나 끝에는 날카로운 배신이 도사리는 인간의 손길을 피해 찾아온 곳이 별다락이었다. 두 번 다시 바깥 세계와는 가까이 지내지 않겠다고 다

짐했는데. 구름매는 저 멀리 보이는 인간 문지기를 내려다보며 생각했다.

저 아이가 바로 자신이 바로잡아야 할 실수다.

구름을 가르며 빠르게 하강한 구름매가 문지기의 뒤에 내려앉았다. 문을 감추려 수풀을 덮던 문지기가 화들짝 놀라며 그를 돌아봤다. 그 곁에 비늘두더지도 함께 있었다. 구름매는 고개를 털어 깃털을 정리하며 말했다.

「내가 한발 늦은 건가.」

무거운 목소리에 문지기의 눈가가 떨렸다. 채도 낮은 회색 눈동자가 아무 대답도 하지 못하고 입술만 달싹이는 문지기를 노려봤다.

「그렇게 문을 막고 있어 봐야, 네가 숨기는 인간을 찾는 건 나한테 어려운 일도 아니라는 걸 잘 알 텐데.」

물론 아주 성가시고 피곤한 일이긴 했다. 그 생각을 하며 날카롭게 내뱉는 구름매의 한숨 뒤로 문지기의 말이 따라붙었다.

"제가 할게요."

구름매의 눈가가 가늘어졌다.

「뭘?」

"기억을 지우는 거요."

그렇게 말하는 문지기의 말끝이 조금 젖어 갈라졌다.

"제가 지우고 올게요. 정말이에요. 대신 조금만 더 시간을 주면……."

「하!」

구차하게 늘어지는 말 위로 구름매의 차가운 힐난이 내리꽂혔다. 문지기는 말을 더 잇지 못했다.

「그 인간을 좋아하나?」

이번에도 대답을 하지 못한 건 마찬가지였다. 그리고 침묵은 가장 분명한 대답이 되었다.

픽, 흘러나오는 구름매의 웃음소리가 고드름처럼 차갑게 귓바퀴에 매달렸다.

「이래서 인간은 안 돼.」

인간은 언제나 늘 자신이 아닌 다른 이들을 위험에 빠뜨리는 존재였다. 역시나 믿어선 안 되는 존재들이고.

「그 인간의 기억을 지우겠다고? 그래. 지워야지. 그리고 네 기억도.」

"……네?"

되묻는 문지기의 목구멍에서 숨이 턱 걸렸다. 동요도 망설임도 없는 구름매의 눈빛은 단호했다.

「별다락에 균열이 생긴 게 그 인간 때문이라고 생각해?

아니. 그건 너 때문이다.」

"나 때문이라고요?"

「그래. 네 기억이 그 인간을 별다락으로 끌어당기고 있는 거야. 그러니 네 기억도 함께 지워야지.」

문지기의 안에서 무언가 와르르 무너지는 듯한 소리가 들렸다.

언젠가 모아의 기억을 지워야 하는 순간이 올 거라는 건 예상했다. 모아가 자신을 기억하지 못하고, 그래서 다시 만나지 못하게 되는 장면을 떠올릴 때마다 자꾸 울음이 터질 것 같았지만, 그건 문지기가 견뎌야 할 몫이라고 생각했다. 대신 자신은 모아와의 기억을 가질 수 있으니까. 손바닥을 타고 전해지던 체온을, 자신의 이름을 불러 주던 따스한 목소리를, 자신은 기억하고 간직할 수 있으니까. 그걸로 족하다고 믿었다.

그런데, 그걸 다 지워야 한다고. 문지기에게 남은 일말의 따스함마저 가져가겠다고.

「네 기억은 그 인간의 기억부터 지운 뒤 가지러 오지.」

구름매가 다시 날개를 펼치려는 순간이었다.

"잠깐만요!"

문지기가 그의 긴 깃털을 붙잡아 당겼다. 깃털을 쥔 손끝이 바르르 떨리는 것을 보며, 구름매는 고개를 갸웃 기울였다.

「또 뭐지.」

"다른 방법이 있다면요?"

자비 없는 눈동자에 비치는 문지기의 얼굴은 그 어느 때보다 절실했다.

※ ※ ※

권모아는 부엌 찬장 문손잡이를 붙잡고 서 있었다. 여차하면 열 기세였다. 사람을 그렇게 문전박대를 해 놓고 나흘이나 머리카락 한 올도 비추지 않는 문지기에게 화가 치밀었다. 속이 타들어 간다는 말로는 부족했고, 만나면 욕부터 왕창 퍼부어 줄 생각이었다. 물론 그것도 문지기를 다시 만나야 가능한 일이겠지만.

"그러니까 좀, 흐, 나타나라고."

모아는 문손잡이를 붙잡은 그대로 찬장 문에 머리를 쿵, 박았다. 마음 같아선 벌써 몇 번이고 이 문을 열었을 것이다. 요양소에서 돌아온 그날 당장 별다락에 쳐들어갈 수도 있었다. 그러지 못했던 건 비늘두더지의 말이 자꾸만 마음에 걸려서였다.

'가뜩이나 구름매가 돌아다니고 있는데 인간까지 별다락에 들어와?! 이걸 들키면 문지기한테 진짜 큰일이 날지도 모른다고!'

대체 그 큰일이라는 게 뭐길래 그렇게 혼비백산하여 모아를 내쫓은 것인지 묻지도 못했고 설명도 듣지 못했다. 가슴 한편에 꿍한 답답함만 맴돌았다.

그때 모아의 옆얼굴로 거대한 그림자가 드리우는 게 느껴졌다. 서늘한 기운에 창밖을 보니 바깥이 어둑했다. 해가 질 시간은 아직 멀었다.

갑자기 먹구름이라도 낀 건가? 이상하게 여긴 모아가 창가로 다가서는데, 집 밖에서 소란스러운 소리가 들려왔다. 까마귀 소리 같기도 하고, 사람의 비명 같기도 했다.

불길한 예감에 모아는 당장 집 밖으로 나섰다. 그리고 그 순간 담벼락 너머로 지나가는 커다랗고 검은 형체를 발견했다. 모아는 그대로 굳은 듯 서 버렸다.

그건 흑소였다. 머리 위에 황금색의 빛나는 뿔을 달고, 몸통은 금가루를 뿌린 듯 반짝이는 줄무늬로 뒤덮인.

별다락의 이탈자다.

한눈에 알아차린 모아는 주저 없이 담장 밖으로 달려 나갔다. 추수를 앞둔 논두렁에서 남은 우렁을 줍던 마을 사람들이 멍하니 하늘을 올려다보고 있었다. 모아도 그들의 시선을 따라 고개를 올렸다.

하늘 위엔 한 무리의 나비 떼가 날아가고 있었다. 노란 꼬리를 휘날리며 부드럽게 선회하는 모습이 마치 바다를 헤엄치는 물고기들 같았다. 나비 떼가 움직일 때마다 거대한 그림자가 먹구름처럼 마을을 뒤덮는 듯한 착각이 일었다.

"……이탈자가, 흐, 하나가 아닌 거야?"

심장이 조금씩 빠르게 뛰기 시작했다. 동시에 마을 곳곳에서 비명과 고함이 터지기 시작했다. 마을 전체가 순식간에 소란스러워졌다.

"오매, 저게 뭐여!"

"아이고, 아이고! 사람 살려!"

"으아아악!"

대체 무슨 일이 벌어지고 있는 건지 잘은 모르겠지만, 상황이 아주 나쁘다는 것만은 확실했다. 사람들의 비명을 따라 눈을 돌리는 곳곳에 별다락의 이탈자로 보이는 생물들이 출몰했다. 머리가 둘 달린 뱀, 온몸이 유리처럼 투명하게 비치는 거미, 안개처럼 형상이 흐릿한 늑대까지. 그걸 본 마을 사람들은 놀라서 달아나거나 그저 정신이 빠져 있거나,

그것도 아니면 핸드폰 카메라를 들고 사진을 찍어대기 바빴다. 카메라 플래시에 놀란 안개 늑대가 자신을 향해 달려드는 것도 모르고.

"위, 위험해요!"

모아가 안개 늑대를 향해 달려가려는 때였다. 누군가 모아보다 먼저 녀석을 안고 바닥을 뒹굴었다. 문지기였다.

모아가 문지기를 향해 뛰어가려는데, 이번엔 거센 바람이 그 앞을 막았다. 눈도 제대로 뜨기 힘든 강풍에 여기저기서 비명이 들려왔다. 사람들은 가로등과 전신주 따위를 잡고 버텼다. 모아 역시 근처 담벼락에 등을 대고 버티며 문지기가 넘어져 있던 곳을 바라봤다.

그때 문지기의 뒤로 보이던 건물 벽이 뒤틀리듯 허물어졌다. 그리고 그 사이에서 아주 하얗고 커다란 날개를 가진 새가 등장했다. 뾰족한 부리에 사람보다 훨씬 몸집이 큰 새의 회색 눈동자가 바닥에 넘어져 있는 문지기와 모아를 번갈아 봤다.

"구름매."

「기어이 따라 나왔구나.」

구름매의 낮은 목소리가 모아의 명치까지 닿았다. 처음 마주한 구름매의 모습에 모아는 몸이 벌벌 떨리는 기분이었다.

주섬주섬 몸을 일으킨 문지기가 그런 모아의 앞을 가로막듯 구름매와 모아 사이에 섰다. 모아는 자신과 마찬가지로 떨리고 있는 문지기의 어깨를 바라봤다.

"제가 하겠다고 했잖아요."

「더는 기다려 줄 수 없다. 이대로 두면 세계가 뒤섞일 거야.」

구름매가 커다란 날개를 펄럭였다. 잠시 멈췄던 강풍이 다시 불기 시작하더니, 거리를 돌아다니던 이탈자들이 곳곳에 생긴 문으로 빨려 들어가듯 사라졌다. 구름매가 한쪽 날개로 모아를 안아 들듯이 낚아채려던 그때였다.

"그러니까 나를 데려가라고!"

문지기가 모아를 안고 구름매를 피했다. 구름매가 잠시 주춤하며 그런 문지기를 바라봤다.

「정말 그 선택을 할 건가?」

모아는 이게 다 무슨 소리인가 싶었다. 자신을 데려가라는 소리는 뭐고, 선택은 또 무슨 말일까. 그러나 묻기도 전에 구름매가 문지기를 낚아채 올렸다.

「그게 네 뜻이라면, 나야 상관없지.」

"자, 잠깐!"

모아는 휘청거리는 걸음으로 날아오르는 구름매의 뒤를 쫓으려고 했다. 역부족이었다. 모아는 바람에 날려 떨어진 것을 주워 올렸다. 문지기의 허리춤에 묶여 있던 실껍나무 옷이었다.

"어, 어디로 가는 거야!"

구름매의 차가운 눈이 모아를 힐긋 돌아봤다.

「이 녀석의 실수를 바로잡으러.」

"그게 무슨, 훗, 소리……!"

구름매는 그 말만 남긴 채 일렁이는 벽 너머로 사라져 버렸다. 모아가 그 뒤를 따라 들어가려는 순간, 안에서 뿌연 안개가 쏟아져 나왔다.

짙은숲안개.

그게 무엇인지 잘 알고 있는 모아는 빠르게 뒷걸음질 쳤다. 안개를 피하지 못하고 그 속에 갇힌 마을 사람들은 갑자기 멍하니 멈춘 채 허공을 바라봤다. 그들의 머리 위로 색이 검게 변한 안개가 연기처럼 피어올랐다. 짙은숲안개에게 빼앗긴 기억들이었다.

"안 돼."

이대로 기억을 지울 순 없었다. 모아는 안개를 피해 달아났다. 월녕 마을 전체에서 피어오르는 안개를 필사적으로 벗어나, 월녕산 중턱까지 달렸다. 손에는 문지기의 옷을 꼭 쥔 채였다. 이 순간 월녕산에 오르는 이유는 딱 하나였다. 그곳에서 문을 본 적이 있었기 때문에.

아마 여기 어디쯤이었을 것이다. 눈에 익은 나무가 보이자 멈춰 선 모아는 숨을 헐떡이며 다급히 수풀을 헤쳤다. 손끝이 날카로운 가지에 베여 피가 나는 것도 몰랐다.

분명 여기에 있었는데.

초조함에 식은땀이 흘렀다. 그때 해가 비추는 수풀 아래 투명한 물비늘이 이는 것이 보였다. 연못 하나 없는 곳에 물비늘이라니. 모아는 직감적으로 잎사귀를 들쳤다. 예감이 들어맞았다. 모아가 넘실대는 물막 안으로 그대로 뛰어들듯 다리를 올리는 순간이었다. 물막 너머에서 동그랗게 몸을 만 비늘두더지가 불쑥 튀어나왔다.

「안 돼!」

"윽!"

모아는 비늘두더지에게 밀려 엉덩방아를 찧으며 넘어지고 말았다. 바닥에 긁힌 팔꿈치를 감싸며 몸을 일으키자 비늘두더지가 모아를 보며 씩씩거리고 있었다.

「그 애를 더 위험하게 만들지 마!」

"그게 무슨, 훗, 소리야? 난 지금 문지기를 찾, 찾으러 가려는 거라고!"

「이제 다 소용없어! 이게 다 너 때문이라고. 그러게 처음부터 네 기억을 지웠어야 했는데, 그게 실수였어. 나라도 그랬어야 했는데!」

모아는 비늘두더지가 하는 말을 도통 알아들을 수가 없었다. 그러고 보니 구름매도 비슷한 말을 했었다. 문지기의 실수를 바로잡으러 간다고.

"대체 문지기의 시, 실수라는 게, 으, 뭐야?"

「널 만난 거! 널 만난 게 실수라고! 그래서 이렇게 엉망이 돼 버린 거잖아!」

"그러니까 그게 무슨……!"

「그냥 네 기억만 지워 버리면 되는데, 그런데 그 멍청한 자식이 네 기억을 지우기 싫다고 스스로 짙은숲에 잠기겠다잖아!」

비늘두더지가 바닥에 털썩 주저앉았다. 비늘로 뒤덮인 몸뚱이가 거칠게 들썩였다. 울먹이는 듯한 숨소리를 들으며, 모아는 가만히 눈을 깜빡였다. 단번에 이해되지 않는 말인데도 어쩐지 심장이 쿵, 가라앉는 느낌이 들었다.

「대체 인간들은 왜 그러는 거야? 기억 따위가 뭐라고, 그게 대체 뭐라고 저 스스로 지워지길 택하냐고!」

짙은숲. 그곳의 안개는 기억을 지우고, 지워진 기억은 다시 짙은숲으로 돌아가 잠긴다고 했다. 만일 그 숲에 누군가 들어가게 된다면, 그자는 누구에게도 기억되지 못하는 존재가 되어 영영 숲속을 헤매게 될 거라고도.

흐느끼는 비늘두더지의 목소리가 허공을 떠돌았다. 모아는 듣고도 믿기지 않는 말에 그저 멍하니 중얼댔다.

"말도 안, 안 돼."

모아는 비늘두더지를 지나쳐 다시 수풀 앞으로 다가갔다.

"누구 맘대로."

그때 모아의 다리를 타고 오른 비늘두더지가 별다락으로 넘어가려는 모아의 손등을 콱 깨물었다.

「그 애를 더 곤란하게 하지 말라고!」

"어떻게, 흐, 사람을 지워!"

자신을 막는 비늘두더지에게 소리치는 모아의 목소리가 미세하게 떨렸다. 말 중간에 섞이는 틱이 꼭 흐느낌처럼 들렸다.

"살아 있는 사람이 어, 읏, 어떻게 없는 사람이 되냐고! 그게 무슨 선택이고 해, 해결 방법이야?!"

「우린 그런 걸 선택할 수 있는 땅에서 살아! 별다락은 그렇게 생긴 세계니까!」

"그게 선택이 맞기는 해? 윽, 도망치는 게 아, 니라?!"

비늘두더지의 말문이 막힌 틈에 모아는 그가 매달린 팔을 거칠게 쳐냈다. 비늘두더지가 그대로 바닥에 굴러떨어졌다.

"나는 그렇게 둘 순 없, 없어. 도망은 안 친다고."

모아가 다이빙을 하듯 투명한 막 안으로 몸을 집어넣었다. 그와 동시에 공간이 물결처럼 일렁이더니, 잠시 뒤 아무 일도 없었다는 듯 잠잠해졌다.

「……이해할 수가 없어. 인간들은 정말이지 이해를 할 수가 없어.」

홀로 남은 비늘두더지의 말을 들어주는 이는 아무도 없었다.

그래도, 문지기가 어디에 있는지 정도는 제대로 듣고 들어올걸.

무작정 문을 넘어 들어온 모아는 낯선 별다락의 풍경을 보자마자 비늘두더지에게 문지기가 어디에 있는지, 짙은숲이라는 곳으로 가려면 어떻게 가야 하는지 묻지 못한 걸 후회했다. 물론 물었다고 한들 대답을 듣진 못했겠지만.

"여기가, 읏, 대체 어디야."

얼마나 길을 헤맸는지도 모르겠다. 문지기에게 별다락의 시간은 바깥 세계와는 다르게 흐른다는 얘기를 들은 적이 있는데, 그래서인지 시간 가늠이 잘 안 됐다. 더 느리게 가는 건지, 더 빠르게 가는 건지도 모르겠다.

그때 모아의 키보다 더 큰 수풀이 뒤흔들렸다. 주춤 뒤로 물러나려는 모아의 앞에 익숙한 녀석이 튀어나왔다.

"흰뿔이 너……!"

오랜만에 모아를 만난 흰뿔바람이 반갑게 달려왔다. 마음 같아선 모아도 그대로 안아 주고 싶었지만, 녀석의 발톱에 또 다치기라도 하면 이 낯선 세계에서 몇 날 며칠 잠에 들지도 몰랐다. 조심하기 위해 모아가 손바닥을 펼쳐 저지하며 거리를 벌리자, 흰뿔바람은 그 뜻을 알아듣기라도 한 것처럼 차분히 자리에 앉았다. 영리한 녀석이었다.

못 본 사이 조금 더 큰 건지 제법 의젓해 보이기까지 했다. 모아가 흰뿔바람의 앞에 자세를 낮추고 앉았다. 주둥이 앞에 조심히 손을 내밀자 녀석이 익숙하게 머리를 들이밀었다. 모아는 부드러운 털을 매만졌다.

"너라도 만나서 다행이야."

어쩌면 이 녀석이 문지기가 있는 곳을 알 수도 있지 않을까.

"너, 혹시 문지기가, 흐, 어디 있는지 알아?"

알아듣지 못할 거라고 생각하면서도 물은 건 일말의 기대 때문이었다. 흰뿔바람의 귀가 쫑긋거렸다. 순간 모아는 자신이 어깨에 걸치고 있던 문지기의 옷이 떠올랐다. 곧장 옷을 벗어 흰뿔바람의 코앞에 가져다댔다.

"이 냄새, 이 사람 말이야. 으, 맨날 너 잡으러 다니던 남자."

흰뿔바람의 코가 벌름거렸다. 신중히 냄새를 맡던 흰뿔바람이 이내 고개를 번쩍 들더니 어딘가로 달려 나가기 시작했다. 모아가 그 모습을 멍하니 보고만 있자 멈춰 서서 돌아보는 게 꼭 따라오라는 것만 같았다. 모아는 고민 없이 곧장 걸음을 뗐다.

한참을 달려 도착한 곳에서 모아가 가장 먼저 본 것은 문지기가 아니었다.

"여왕꽃사슴……."

흰뿔바람이 모아를 데려온 곳은 여왕꽃사슴이 사는 숲이었다. 모아는 거친 숨을 몰아쉬며 저 멀리 커다란 나무 아래 앉아 있는 여왕꽃사슴을 바라봤다. 문지기의 옷에 아직 여왕꽃사슴의 냄새가 배어 있었나.

허탈함에 다리에 힘이 풀릴 것 같은 그 순간, 모아가 선 땅이 울렁거리기 시작했다. 여왕꽃사슴의 꽃가루에 취해 모아가 환각을 보는 건지 진짜로 땅에 파도가 치는 건지 알 수가 없었다. 바로 그때였다.

　「결국 여기까지 왔구나.」

　여왕꽃사슴이 쉬던 커다란 나무 뒤에서 구름매가 걸어 나왔다.

　「네가 더 깊이 들어올수록 이 세계는 더 불안해진다. 네가 사는 세계가 혼란스러워지는 건 물론이고.」

　그 말과 함께 모아가 서 있는 땅의 한 조각이 뚝 떨어져 나갔다. 마치 보도블록이 갈라져 깨지듯이. 그리고 그 너머로 월녕 마을이 보였다. 별다락 뒤에 있는 모아의 세계. 함께 존재하지만 닿을 수 없는 세계.

　모아는 흐려지는 정신을 다잡으며 구름매를 바라봤다.

　"문지기를, 흠, 데리러 왔어."

　「비늘두더지에게 듣지 못했나?」

　"들었어. 그 멍청이가, 흐, 자기를 지우려고 한다는 걸. 음, 나는 그딴 걸 허락한 적이 없는데."

　「네 허락 같은 건 필요 없다. 그 애가 여기에 살기를 택했을 때처럼, 떠나기로 택하는 것도 그 애의 선택이니까.」

"그러니까 내가 그걸 허, 허락하지 않았다고. 내 기억에서, 읏, 지워지는 건데 왜 내 선택권은 없, 는 거야?"

구름매의 차가운 시선이 모아를 꼿꼿하게 내려봤다. 모아는 떨리는 마음을 감추며 숨을 삼켰다. 그러자 잠시 뒤 구름매가 고개를 주억거렸다.

「그래. 그렇게 직접 선택을 해야겠다면야.」

그 말과 함께 커다란 날개를 펄럭이며 날아오른 구름매가 나무 뒤로 사라졌다. 그리고 잠시 뒤, 숲 너머에서 익숙한 인영이 걸어 나왔다. 모아가 그토록 찾아 헤맸던 문지기였다.

"너……!"

달려가려는 모아의 아래에서 또다시 땅이 뒤흔들렸다. 그 순간 모아보다 먼저 달려온 문지기가 모아의 어깨를 감쌌다. 모아의 발밑 땅이 조금 더 큰 조각으로 떨어져 나갔다. 둘은 마치 금세 가라앉을 부표에 떠 있는 조난자들처럼 아슬아슬하게 버틴 채 얼굴을 마주했다. 일그러지는 모아의 얼굴을 보는 문지기는 평온해 보였다.

"모아는 돌아가요."

"나랑 같이 가."

모아가 문지기의 손을 꽉 그러잡았다. 여전히 따스한 체온이었다. 문지기는 어렴풋이 웃으며 고개를 저었다.

"알잖아요. 난 갈 수 없어요."

"그럼 그냥 기억을 지우면 되잖아! 나랑 못 가면 여기서라도 잘 살라고!"

"그건 나한테 의미가 없어요."

"그럼 나는? 네가 사라지면 나는 의미가 있어?"

"모아는 그곳에 나 말고도 따스한 기억이 많으니까요."

그렇게 말하는 문지기의 표정이 조금 서글퍼 보였다.

"잘 모르는 것 같지만, 모아는 그 세계를 많이 좋아하고 있어요. 나는 알아요. 모아가 그곳을 얼마나 사랑하는지. 나한테 차갑게만 느껴지던 그곳이 어느새 따뜻해졌던 것도 다 모아 때문이니까."

자신에게 상처만 주었던 세계를, 언제나 무섭다고 느꼈던 세계를 비로소 사랑할 수 있게 됐다고 말하는 문지기에게 모아는 말하고 싶었다. 나야말로 네 덕분에 내 세계가 좋아졌다고. 이 세계에 상처 받은 네가, 그럼에도 이 세계 사람들, 그리고 내가 같은 상처를 받지 않도록 지켜 준 덕분에 나도 사람들의 마음을 들여다보는 방법을 알게 됐다고. 이제 조금 더 괜찮은 사람이 될 수 있을 것 같다고.

그러니 가지 말라고.

하지만 말이 나오지 않았다. 언제부터인지 숲에 퍼진 여왕꽃사슴의 꽃가루에 모아의 정신은 점점 혼미해졌고, 모아를 안아 오는 문지기의 얼굴도 흐릿해져 갔다. 모아는 시야를 다잡기 위해 눈을 끔뻑거렸다. 눈두덩이 축축하게 젖어 가는 게 느껴졌다. 문지기가 모아의 눈꺼풀 위에 짧게 입을 맞추었다.

"그러니까 나는 마음을 다 주고 갈게요."

문지기의 입술이 이번엔 모아의 이마 위에 닿았다.

가지 마. 그 말은 모아의 머릿속에서만 울렸다.

"나는 괜찮아요."

나는 네게 아무것도 주지 못했는데. 그 말을 듣기라도 한 것처럼 문지기가 모아와 눈을 맞추며 살며시 웃었다.

"난 모아와의 기억을 다 가져갈 테니까."

발이 붕 떠오르는 듯한 기분이 들었다. 두 사람이 함께 서 있는 땅이 점점 더 좁아졌다. 저 멀리 구름매가 다시 모습을 나타내는 게 보였다. 시간이 얼마 남지 않았다는 생각이 들었다.

"난 이제 아주 시간이 많아질 거거든요. 그 기억들도 아주 오래 곱씹을 거예요."

안 돼. 가지 마. 가져가지 마.

혀끝에서 나오지 못한 말은 흐느낌이 되었다. 모아의 입술 위로 문지기의 입술이 내려앉았다. 머리 위로는 짙은숲의 안개가 덮쳤다. 가라앉는 안개 속에서 모아는 문지기와의 지난 기억들이 빠르게 피어올랐다가 사그라드는 것을 보았다.

천천히 거슬러 오르던 기억들이 마침내 모아의 집에서 처음 만났던 두 사람의 모습에까지 이르렀다.

이제 정말 다 잊게 되는구나.

그 순간, 아주 오래 전의 기억이 떠올랐다. 권모아도, 문지기도, 구름매도, 그리고 별다락의 짙은숲도 찾지 못해 어딘가에서 떠돌고만 있던.

그 기억은, 여덟 살의 모아가 월녕산 나무 아래에서 울고 있는 장면으로 시작했다. 왜 울었을까. 거기까진 잘 기억이 나지 않았다. 흔한 일상이었기 때문이었는지도 모른다.

그즈음의 모아는 언제나 엄마와 다른 사람들이 찾지 않는 월녕산에 숨어 울곤 했다. 그곳에선 이상한 소리를 내며 꺽꺽 울어도 아무도 놀리지 않았고, 모아를 경계하는 이도 없었으니까.

그런 모아의 앞에 하얀 털을 가진 동물이 나타났다. 그때는 분명 처음 보는 동물이었는데, 지금의 권모아는 그 동물이 무엇이었는지 알고 있었다.

모아의 키를 훌쩍 넘을 만큼 큰 몸집에 새끼일 때보다 훨씬 짙고 푸른 눈을 가진, 흰뿔바람의 성체.

울던 모아는 자신을 빤히 보는 흰뿔바람에게 손을 뻗었다. 처음엔 경계하는 듯하다가 이내 천천히 다가오는 흰뿔바람을 보고 모아는 웃었다. 친구가 생긴 기분이었다.

그 순간 또 다른 기척이 들려왔다. 놀란 모아가 달아나려고 하자 앳된 목소리가 날아왔다.

'괘, 괜찮아!'

멀지 않은 나무 뒤에 숨어 모습이 보이지 않는 아이가 벌벌 떨리는 목소리로 모아를 안심시켰다. 모아는 제 말소리가 새지 않게 입을 꽉 막았다.

'노, 놀라지 마. 나, 나는 그냥 네 앞에 있는 그 애를 데려가야 해서······.'

아무래도 놀란 건 모아만은 아닌 듯했다. 나무 너머의 아이는 모습을 감춘 채 더듬더듬 말을 이어 갔고, 모아는 혹시 저 애도 틱이 있나 하는 생각을 잠시 했다.

'근데 왜 울고 있었어?'

'······.'

'호, 혹시 길을 잃었어? 길을 잃었다면 내가 이 산 아래까지는 데려다줄 수 있는데…….'

'…….'

'…….'

'…….'

'……혹시 말하기가 싫어?'

모아는 고개를 끄덕였다. 나무 너머의 아이가 그런 모아를 볼 수 있었는진 잘 모르겠지만, 잠시 뒤 말이 이어졌다.

'그러면 나는 안 들을게. 대신 그 앞에 있는 애한테 말해 볼래?'

그 말에 모아가 흰뿔바람을 바라봤다. 흰뿔바람은 모아의 말을 들어줄 것처럼 다리를 모으고 바닥에 앉았다. 그러자 열리지 않던 입술이 스르르 열렸다.

'흐, 다들 날, 이, 으, 이상하게 보는 게, 읏, 싫어.'

그런 말을 입 밖으로 꺼내 본 건 처음이었다. 말을 하면 인정을 해 버리는 것 같으니까. 그리고 엄마가 들으면 속상해하니까.

그렇지만 자신의 말에 이상한 소리가 섞여도, 말이 제대로 이어지지 않아도, 그저 가만히 바라봐 주는 동물을 앞에 두고 있으니 말이 술술 나왔다. 속이 후련해지기도 했고.

'왜 이상하게 봐?'

분명 안 듣고 있겠다고 했던 아이는 모아의 말이 끝나기가 무섭게 되물었다. 왜 이상하냐니. 듣고도 모르냐는 반문이 튀어 나갈 뻔한 순간이었다.

'……예쁜 목소린데.'

누군가 아이를 찾는 듯한 소리가 들려온 게 그때였다. 그 목소리에 나무 뒤의 아이가 갑자기 부스럭거리기 시작했다.

'미안한데 걔는 이제 내가 데려가야 할 것 같아.'

그렇게 말한 아이가 나무 너머에서 손 하나를 내밀었다. 손엔 작은 조롱박이 들려 있었다. 잠시 뒤 조롱박 입구에서 하얀 연기가 흘러나왔다. 연기에 눈앞이 덮인 모아는 핑 도는 시야에 그대로 쓰러졌다. 눈이 감기기 직전 나무 밖으로 걸어 나오는 아이의 모습을 보았다. 얼굴은 잘 보이지 않았다. 모아는 가물가물한 인영을 향해 물었다.

'너 누구, 으, 누구야?'

모아는 대답을 들었던가. 아니면 듣지 못했던가.

중요하지 않았다. 모아는 이미 그 애가 누구인지 알았고, 이제 그 기억은 모아의 안에서 지워지고 있었으니까.

이게 내가 잊어야 할 너와의 첫 번째 기억이자 마지막 기억이었구나.

안개 너머로 가라앉는 기억이 점점 흐려지고 모아는 눈을 감았다.

아주 슬픈 꿈을 꾸게 될 것 같았다.

그날 월녕산엔 입산 금지령이 내려졌다. 이례적인 안개에 가시거리가 짧아 위험하니 접근을 삼가라는 내용이었다. 월녕 마을에 살면서 이토록 짙은 안개는 처음 보았다는 마을 사람들의 말이 입과 입을 통해 떠돌다가, 여느 때처럼 사그라들었다.

돌아오는 길

"거기, 으, 그쪽 좀 기울어진 것 같은데."

담벼락에 붙은 나무 문패를 이리저리 바라보던 모아가 이내 고개를 절레절레 저었다.

"아뇨, 거기 말고 그냥 여, 홋, 여기가 좋겠어요."

모아가 손끝으로 가리키던 방향이 또 바뀌었다. 문패를 들고 서 있던 최 씨가 마침내 폭발하는 순간이었다.

"아이고, 간판 달다가 하루 다 가겠네!"

최 씨가 드릴을 들고 투덜댔다. 변덕도 정도껏이어야지, 동물 병원 문패 다는 것 좀 도와 달라고 하더니 위치 조정만 열 번째였다. 그럼에도 모아는 아랑곳 않고 위치를 수정했다. 이번이 진짜 마지막이란다. 최 씨는 한숨을 푹 쉬며 다시 드릴을 쥐었다.

"이번엔 진짜 마지막이다잉!"

그 말과 함께 최 씨는 재빨리 드릴을 박아 넣었다. 드르륵, 벽을 뚫은 자리에 나사를 조이는 소리와 함께 이윽고 문패가 걸렸다. 소박한 문패만큼이나 병원의 외관도 소박하기 짝이 없었다. 그도 그럴 게, 모아의 집 담벼락에 간판만 달아 둔 것이었기 때문이다.

권모아가 월녕 마을에 내려온 지 벌써 1년이 다 되어 갔다. 이렇게까지 오래 있게 될 줄은 모아 자신도 몰랐다. 어쩌면 떠나야 할 때를 놓친 것일지도 몰랐고.

생각보다 오래 이곳에 머물게 된 탓에 모아도 이젠 생계라는 현실적인 걱정을 하지 않을 수 없었다. 그러자 자연히 병원이 떠올랐다. 대신 이번엔 다른 병원에 취직을 하는 게 아니라 자신의 병원을 차리기로.

모아 놓은 돈이 별로 없던 모아가 버젓한 병원 건물 같은 걸 살 수 있을 리는 없었다. 그래서 그냥 살던 집을 병원으로 등록하기로 했다. 어차피 모아에게 진료를 받는 동물들은 진즉부터 모아의 집으로 찾아오곤 했으니까. 물론 구청을 찾아가 용도 변경 허가를 받고 집 안 곳곳을 손보는 게 쉬운 일은 아니었지만, 오로지 권모아 혼자 꾸려 갈 병원을 세우는 과정이라고 생각하면 충분히 감내할 만한 수고였다.

그때 순찰차가 담벼락 밖에 멈춰 섰다. 조수석 문이 열리자 익숙한 얼굴이 나타났다.

"자, 개업 떡 배달 왔습니다!"

범민석이 읍내에서 맞춘 커다란 시루떡 상자를 안고 들어왔다. 모아는 입을 떡 벌리며 기함했다.

"너 경찰 아니고, 큼, 떡집 아들이었냐? 이걸 누가 다, 다 먹어."

"누가 다 먹긴, 병원 오는 손님들 드려야지. 설마 이것도 다 못 돌려? 자신 없어?"

도발하듯 우쭐대는 민석의 말에 모아는 그저 웃고 말았다.

강은주가 찾아온 건 민석과 최 씨가 모두 돌아간 후였다. 엄마가 있는 요양 시설에 가기 전에 잠시 들렀다는 강은주의 말에 권모아는 시루떡 두 장을 은주의 책가방 안에 챙겨 넣었다. 쉴지도 모르니까 병원 가자마자 먹으라는 말과 함께였다. 접시에 잘라 둔 떡을 집어 먹으며 고개를 끄덕이던 은주는 문득 담벼락에 붙은 문패를 바라보며 물었다.

"근데 언니. 병원 이름은 왜 저렇게 지었어요?"

"왜? 별로야?"

"아뇨, 그건 아닌데 무슨 뜻인지 궁금해서요."

모아는 나무 문패를 보며 잠깐 생각에 빠지는 듯하더니 이내 조용히 중얼댔다.

"뜻 없어. 그냥 따뜻한 이름이라."

은주마저 떠난 뒤, 모아는 혼자서 남은 짐들을 마저 정리했다. 이 집에서 동물들을 돌봐 온 게 하루이틀 일이 아니었기에 병원을 차린다고 해서 크게 달라지는 건 없을 줄 알았는데, 생각보다 손 가는 일이 많았다. 이것저것 장비까지 들여놓고 나니 꽤 그럴싸한 병원처럼 보이기도 했고. 그렇게 마지막 짐까지 다 정리한 때였다.

덜컹.

빈 상자를 포개던 모아의 손이 멈췄다. 모아는 소리가 들려온 곳을 향해 천천히 고개를 돌렸다. 부엌 싱크대 위 찬장이었다. 다른 건 다 바꿔도 그 찬장만은 바꾸지 않았었다.

손에서 종이 상자가 미끄러졌다. 모아는 마치 그 소리가 들리지 않는 것처럼 천천히 걸음을 옮겨 찬장 앞으로 다가갔다. 심장이 갈비뼈 아래를 두드리는 느낌이 또렷했다.

조심히 숨을 삼킨 모아가 찬장 문손잡이를 향해 손을 뻗었다.

닿을 듯 말 듯, 문 앞에서 머뭇거리던 손끝이 이윽고 단단히 손잡이를 움켜쥐었을 때였다.

벌컥, 문이 열렸다. 동시에 맑은 눈동자와 눈이 마주쳤다. 따뜻하고 익숙한, 변함없이 숲을 담은 그 눈동자와.

모아의 입술이 열렸다. 목소리가 흘러나온 것은 조금 더 시간이 흐른 뒤였다.

"……왔어?"

마치 어제 헤어진 사람에게 건네는 듯한 가벼운 인사 뒤로, 모아는 오래도록 부르고 싶었던 이름을 덧붙였다.

"온."

아주 긴 시간을 돌아 마침내 그 이름을 다시 들은 온이 가만히 웃어 보였다.

"잊지 않았네요."

"응. 누가 마음을 통째로 주고 간 덕분에."

기억이 숲을 헤매는 내내 손안에 움켜쥐고 놓지 않았던, 마침내 닿은 마음이었다.

계절이 세 번 바뀌고 다시 제자리로 돌아온 월녕 마을의 여름이 시작되고 있었다. 짙은 초록으로.

에필로그

「구름매. 넌 문지기가 그 세계로 돌아가게 될 걸 알고 있었어?」

「그럴 수도 있겠다는 생각은 했지. 둘 사이가 끈으로 연결되어 있으니까.」

「끈?」

「사람과 사람 사이를 잇는 연. 인간들은 그걸 인연이라고 부르던데.」

「난 아직도 이해가 잘 안 돼. 기억을 지웠는데 어떻게 문을 열었는지. 또 어떻게 짙은숲을 헤매는 존재를 찾을 수 있는 건지.」

「인간이란 존재는 늘 세계의 법칙을 거스르거든.」

「무슨 소리야?」

「인간은 기억 너머의 기억을 가질 수 있어.」

「기억 너머의 기억?」

「그래. 이미 그 사람의 일부가 되어서 더 이상 기억이 아니게 된 것. 그런 기억은 짙은숲안개로도 가려지지 않아.」

「그런 게 있을 수 있어?」

「인간들은 서로에게 그런 걸 만들어. 그래서 그렇게 복잡한 인연으로 얽혀 있는 거야.」

「……그러게. 인간은 정말 복잡하다. 참 알 수가 없어.」

「자넨 괜찮나?」

「뭐가?」

「문지기를 아꼈잖아. 그 녀석이 가 버린 게 아쉽지 않아?」

「애초에 별다락에 살던 녀석이 아니었잖아. 돌아갈 곳으로 간 거니까.」

「그렇게 따지면 우리도 원래부터 여기에 살진 않았지.」

「……그건 그렇네. 생각해 보니 바깥 세계가 참 가까운 것 같아. 예전엔 문 하나를 사이에 두고도 아주 멀게 느껴졌는데.」

「그래. 참 멀기도 가깝기도 하지.」

「혹시 우리도 문지기처럼 다시 문을 열고 나갈 날이 올까.」

「별다락을 떠나고 싶어?」

「아니. 지금은 아니지만…….」

「……글쎄. 혹시 모를 일이지. 우리가 저 문을 열고 나가고 싶어질 만큼 다시 저 세계를 사랑하게 되는 날이 또 온다면.」

그날에 우리는 다시 같은 세계를 살게 될지도.

작가의 말

고백건대 이 이야기는 미워하지 않기 위해 쓴 사랑 이야기입니다.

2023년의 여름을 지나 오늘의 봄에 이르기까지 무엇을 그리 미워하지 않으려 애를 썼던가 떠올려 보자면, 아무래도 모든 것에 가까웠던 것 같습니다. 누군가의 삶이 허망하게 저무는 순간을 보았고, 타인의 아픔에 함께 울지 못하는 시대에 서글픔을 느끼면서, 어떤 것에든 열과 성을 다해 미움을 쏟을 준비를 한 채 어째서 이런 세상에 사랑 이야기가 필요한지 스스로 묻는 시간을 보냈습니다.

결국 이 이야기는 그 답을 찾아가는 여정에서 태어난 셈입니다. 그렇게 모아와 온은 닿지 않는 세계의 문을 열기도 하고, 낯선 존재들을 조우하고, 상처 입은 현재와 과거를 더

듬으며 제가 찾지 못한 답을 찾으려 분투를 벌였습니다. 그 과정이 그리 처절하지만은 않게 보였다면, 그것은 주인공들을 바라봐 주는 당신의 시선에 담긴 애정 덕분이었을 것입니다. 그리고 그 애정까지가 이 이야기의 완성이지 않을까 생각합니다.

아마도 우리는 그리 쉽게 서로를 미워할 수만은 없는 운명인가 봅니다. 그리하여 저 너머의 별다락을 찾지 않는 한은, 끝끝내 미워하지 않기 위해 사랑을 말해야겠다는 결론에 이르렀습니다. 아무래도 이유는 그것으로 충분한 것 같습니다.

그 사랑이 책에 담겨 전해질 수 있도록 기회를 마련해 주신 안전가옥과 로맨스 도파민 공모전 심사위원분들께 감사드립니다. 그리고 오랜 기간 저만큼이나 이 이야기에 마음을 쏟아 주셨던 이수인 PD님과 신지민 PD님, 애정을 담아 한 자 한 자 정성스럽게 다듬어 주셨던 김동휘 편집자님, 그 외에도 함께 힘써 주셨던 분들께 말로 다 하지 못할 감사를 전합니다.

언제든 손쉽게 미워할 이유를 찾는 세상에서 끝내 미워하지 않기를 택한 이들의 사랑을 저는 꿋꿋함이라고 말하고 싶습니다. 그리고 우리의 세계는 그렇게 무수히 많은 모아와 온, 그들의 꿋꿋한 마음들로 지켜져 왔다고 믿습니다. 그러니 한결같이 꿋꿋한 사랑을 함께 지켜 주는 이들에게도 이 이야기가 조금이나마 힘이 되었기를 바랍니다.

    부디 당신의 마음이 지치지 않기를, 그 마음이 오래도록 무탈하기를, 나의 온 마음을 모아 전합니다.

서혜듬 드림

프로듀서의 말

『온 마음을 모아』는 '2023 안전가옥 스토리 공모: 로맨스 도파민' 장편 트리트먼트 부문 수상작입니다. 처음 만났을 때의 제목은 '즐거운 남의 집'이었어요. 작가님과 함께 트리트먼트를 원고로 개발하는 동안 주인공들의 이름이 달라지고, 성격이 변하기도 하고, 이야기가 펼쳐지는 동네도 새로워졌습니다. 이러한 변화를 거쳐 작품의 제목 역시 지금의 『온 마음을 모아』로 바뀌게 되었지요.

모아와 문지기의 이름이 바뀌고 동네도 새로워졌지만, 처음부터 끝까지 한 가지는 변하지 않았는데요. 바로 이 이야기를 통해 독자님이 스스로를 아끼고 사랑할 수 있기를 바라는, 작가님의 진심 어린 마음입니다.

작가님을 처음 뵌 자리에서 저는 '이 이야기를 읽은 독자님이 무엇을 느끼길 바라시나요?'라고 질문을 했고, 작가님은 이렇게 답해 주셨어요.

"내가 나를 사랑해야 할 이유 하나 정도는 찾았으면 좋겠어요."

시간이 흐르고, 이야기가 무수히 다듬어지는 동안에도, 저는 작가님의 이 답변이 늘 마음속에 남아 있었습니다. 모아와 문지기가 많은 가능성을 거치고 먼 길을 돌아 도착한 지금의 이야기가, 작가님이 들려주셨던 마음에 가장 걸맞은 내용이라고 생각합니다.

따뜻한 이야기를 써 주신 서혜듬 작가님께 깊이 감사드립니다. 또한 함께 심사를 맡아주신 키이스트, 세심하고 따뜻하게 이야기를 돌봐 주신 동휘 편집자님을 비롯해 테히 작가님, 하얀 디자이너님, 그리고 안전가옥 운영 멤버분들께도 고맙다는 말씀을 전하고 싶습니다.

그리고 무엇보다, 수많은 이야기들 사이에서 『온 마음을 모아』를 선택해 주시고, 이 마지막 장까지 와 주신 독자님께, 온 마음을 모아 진심으로 감사드립니다.

안전가옥 스토리PD
이수인 드림

온 마음을 모아

1판 1쇄 발행	2025년 7월 23일
1판 2쇄 발행	2025년 8월 12일
지은이	서혜듬
기획	안전가옥
프로듀서	이수인
공동기획	(주)키이스트
편집	김동휘
디자인	김하얀
퍼블리싱	강현지
일러스트	테히
비즈니스	이기훈
경영지원	권혜영 홍연화
펴낸이	김홍익
펴낸곳	안전가옥
출판등록	제2018-000005호
주소	04779 서울특별시 성동구 뚝섬로1나길 5, 헤이그라운드 성수 시작점 202호
대표전화	(02) 461-0601
전자우편	marketing@safehouse.kr
홈페이지	safehouse.kr

ISBN 979-11-94891-03-1 (03810)

값 16,000원

ⓒ 서혜듬, 2025

안전가옥 오리지널

01 뉴서울파크 젤리장수 대학살 조예은 지음
02 인스타 걸 김민혜 지음
03 호랑공주의 우아하고 파괴적인 성인식 홍지운 지음
04 선샤인의 완벽한 죽음 범유진 지음
05 밀수: 리스트 컨선 이산화 지음
06 못 배운 세계 류연웅 지음
07 그날, 그곳에서 이경희 지음
08 밤에 찾아오는 구원자 천선란 지음
09 세련되게 해결해 드립니다, 백조 세탁소 이재인 지음
10 머드 이종산 지음
11 뒤틀린 집 전건우 지음
12 베르티아 해도연 지음
13 우리가 오르지 못할 방주 심너울 지음
14 메리 크리스하우스 김효인 지음
15, 16, 17 저승 최후의 날 시아란 지음
18 기이현상청 사건일지 이산화 지음
19 모래도시 속 인형들 이경희 지음
20 온난한 날들 윤이안 지음
21 스타더스트 패밀리 안세화 지음
22 상사뱀 메소드 정이담 지음
23 프로젝트 브이 박서련 지음
24 망각하는 자에게 축복을 민지형 지음
25 당신이 사랑을 하면 우리는 복수를 하지 범유진 지음

26 혐오스런 선데이 클럽 엄성용 지음
27 테디베어는 죽지 않아 조예은 지음
28 집 보는 남자 조경아 지음
29 벽사아씨전 박에스더 지음
30 모래도시 속 인형들 2 이경희 지음
31 도즈(Doze) 이나경 지음
32 오류가 발생했습니다 이산화 지음
33 송곳니 김구일 지음
34 옐로우 레이디 이아람 지음
35 꽃이 부서지는 봄 한켠 지음
36 헤드헌터 이성민 지음
37 급발진 서귤 지음
38 도난: 숨겨진 세계 이산화 지음
39 도깨비 사냥 임이정 지음
40 기억을 비추는 환등열차 심은정, 최현유 지음
41 블러디 마더 김보현 지음
42 사단법인 한국괴물관리협회 배예람 지음
43 감각자들 나혜림 지음
44 주말의 부부 김성진 지음
45 온 마음을 모아 서혜듬 지음